KB270601

우리 아이
독서 습관 코칭법

한 권으로 끝내는
우리 아이 독서 습관 코칭법

김명미 지음

지율이는 그림책 『팥죽 할머니와 호랑이』를 참 좋아합니다. 호랑이가 할머니를 잡아먹겠다고 덤빌 때면 무섭다고 하며 뒤로 물러납니다. 하지만 무섭기만 한 것은 아닌 것 같습니다. 지율이의 눈과 입이 생글거리거든요. 호랑이가 등장하는 장면을 자꾸 읽어 달라고 하는 것을 보니 무서워도 좋아하는 것은 확실합니다.

"선생님, 호랑이가 할머니한테….."

"어흥!"

"무서워~."

라며 호랑이 흉내만 내도 책의 내용이 떠올라서인지 무섭다고 하기도 하고,

하며 아예 책에 나오는 등장인물이나 사물이 되기도 합니다.

지율이는 집에서도 하루에 몇 번씩이나 『팥죽 할머니와 호랑이』를
읽어 달라고 한답니다. 수십 번 읽어서 다 외우고 있으면서도 같은
장면에서 똑같이 무서워하고, 똑같은 질문을 합니다. 지율이가 무서
워하면서도 『팥죽 할머니와 호랑이』를 또 읽어 달라고 하는 이유는
무엇일까요? 아마 자신이 믿고 있는 든든한 사람이 책을 함께 읽고
있는 데다가 이미 결말을 알고 있으니 아무 걱정 없이 무서움을 즐기
는 것일 수도 있습니다.

연성이는 집에서는 조잘조잘 말을 많이 한다는데 다른 사람 앞에
서는 어지간해서는 입을 열지 않는다고 합니다. 그래서 '친해지려면
시간이 걸리겠는데.' 하고서는 느긋하게 마음먹고 있었지요. 표정으
로 봐서는 분명히 재미있어하는 것 같은데 역시나 연성이는 말 한마
디 않더군요. 그런데 두 번째 만났을 때는 혼잣말이지만 지율이의 질

문에 대답을 하기도 하고, 자기는 어떤 책이 읽고 싶은지 분명히 의사표현을 하기 시작했습니다.

책 읽어 주기의 힘이 바로 이것입니다. 무서운 책을 재미있어하며 읽게 하고, 수줍은 아이의 입을 열게 하는 마법 같은 힘을 지닌 존재가 '책'이고, 또 '책 읽어 주기'입니다. 유아기 아이들은 혼자서는 책을 읽을 수가 없습니다. 글자를 읽을 수 없어서기도 하지만 혼자서는 독해가 안 되기 때문입니다. 그래서 엄마가 읽어 주는 방법으로 책 읽기를 시작하지요. 그렇기 때문에 책을 읽어 주는 엄마의 역할이 매우 중요합니다. 엄마가 아이에게 책을 읽어 주는 것에 대해 어떤 마음을 갖고 있으며, 어떻게 책을 읽어 주는가에 따라 아이의 책 읽기에 대한 반응과 결과가 좌우되니까요.

책 읽기의 중요성을 잘 알고 있는 엄마는 일찍부터 내 아이에게 좋은 독서 습관을 심어 주려고 합니다. 하지만 현실이 꼭 마음 같지는 않지요. '책 읽기 육아 달인'들의 블로그에서처럼 해 보고 싶은데 아이가 안 따라옵니다. 엄마가 책을 읽어 주면 아이가 엄마 옆에 달라붙어 열심히 듣고, 아예 책을 여러 권 들고 와서 읽어 달라고 조를 줄 알았는데 그렇지 않을 때가 있습니다. 아이에게 책을 읽어 줄 때 아이가 딴청 피운다거나 좋아하지 않는 기색이면 어쩐지 속에서 불 같은 것이 치밀어 오르는 것 같습니다.

아이 키울 때 어려운 점이 한둘이 아니지요. 그래서 아이를 키울 때는 부처님 가운데 토막을 품고 있어야 한다는 말이 있나 봅니다. 먹이고 재우는 것도 힘에 부치는데 머리와 가슴에도 무엇을 좀 넣어 주려니까 더 어려운 것 같습니다. 막상 책을 읽어 줄 때는 싫다고 하면서 피곤해 쉬고 싶을 때는 책을 들고 오는 아이의 진짜 마음은 무엇인지 궁금합니다. 그래도 괜찮습니다. 소중한 내 아이가 책을 보겠다는데, 엄마의 휴식은 조금 미룰 수도 있습니다.

어떤가요, 매우 공감 가는 고민이지요? 저는 아이의 바른 독서 습관을 기르기 위한 여러 가지 고민을 풀 수 있는 좋은 방법을 찾아보려고 합니다. 아이와 함께 책을 읽는 것이 필요함은 분명하지만 아이가 즐겁게 동참하지 않으면 소용없습니다. 마찬가지로 좋은 의도로 엄마와 아이가 함께 책 읽기를 시작했는데 중간에 서로 마음이 맞지 않아 아이가 토라지기라도 하면 그 역시 안 하느니만 못하지요.

그래서 MBTI 성향 지표를 통해 부모와 아이의 독서 성향을 파악하는 것부터 시작하려고 합니다. 모든 사람은 각자의 성향에 따라 선호하는 책의 종류가 다르고, 책을 읽고 생각하는 것도 제각각입니다. 따라서 나와 아이의 성향을 잘 파악하면 서로를 몰라 생기는 오해를 줄일 수 있습니다. 또한, 소중한 내 아이에게 잘 맞는 책 읽기 방법과 독후 활동을 알고 실천할 수 있으니 더 즐거운 책 읽기가 되겠지요.

소중한 내 아이에게 맞춤형 독서 코칭을 할 마음의 준비를 마쳤다면 이제 본격적으로 독서 코칭을 시작해 보기로 합니다. 엄마들은 가끔 아이의 독서 능력에 비해 어려운 과제를 제시하는 실수를 합니다. 특히 내가 아는 '어떤 아이'를 기준으로 삼을 때 그런 실수를 하지요.

“○○이는 이런 책을 읽는다던데.”, “☆☆이가 책을 읽고 어떤 표현을 했는데 초등학교 1~2학년 뺨칠 정도라던데.” 등. 이런 정보는 흘려 듣는 것이 아이를 잘 키우는 방법입니다. 다른 아이 말고 ‘내 아이’의 독서 능력이 어느 정도인지 객관적으로 파악하고, 그에 맞는 독서 코칭을 하면 됩니다.

이 책에서 제시하는 연령별 독서 능력은 ‘내 아이가 이런 것은 잘 하고 있고, 이런 것은 도와주어야겠구나.’ 하는 지침이 되어 줄 것입니다. 단, 유아기 아이들은 독서력 발달에서 개인차가 매우 크기에 ‘4세의 독서 능력’은 3세, 4세, 5세로 확장해서 이해할 필요가 있습니다. 그리고 꼭 당부하고 싶은 것은 ‘○살인 우리 아이는 아직 이것을 하지 못해 큰일이다.’는 반응을 보이지 말아 달라는 것입니다. 제 의도는 이것을 참고해서 아이의 독서 능력을 어떻게 키울지, 어떻게 도와주면 좋을지를 안내하는 것이랍니다. 그 구체적인 방법은 3장에 자세히 나와 있으며, 당장 적용시킬 수 있도록 한 권의 책을 예로 들어 상세히 설명했습니다. 이외에도 책에 나오는 여러 방법과 전략들을 탄력적으로 사용할 수 있습니다. 그러나 능숙하게 사용하려면 많은 연습이 필요할 것입니다. 중요한 것은 아이가 배운다는 느낌 없이 자연스럽게 터득할 수 있게 하는 것입니다. 또 아이와 함께할 수 있는 독후 활동은 물론 아이와 함께 읽기 좋은 책들도 소개했습니다. 그리고 엄마들이 많이 토로하는 걱정거리들도 나와 있으니 ‘나만 그런 것이 아니구나.’, ‘아, 이렇게 하면 되겠구나.’ 하며 위안받을 수도 있을 것입니다.

　이 책이 내 아이가 훌륭한 독자로, 또 머리와 가슴이 꽉 찬 멋진 아이로 자라 주길 바라며 아이와 책 읽기에 매진하는 엄마들에게 조금이나마 힘과 도움이 되기를 바랍니다.

　사랑스러운 지훈이, 연이, 서연이, 서정이, 현준이, 지율이, 서후. 선생님이 많이 고마워요. 예쁘고 건강하게 자라 주세요. 영원한 ‘내 편’ 여러분! 사랑합니다.

c o n t e n t s **목차**

3장 효과적인 독서 코칭법

4장 책 읽기가 더 좋아지는 독후 활동

5장 유아 독서 지도 Q&A 10-이럴 땐 이렇게

6장 부록-추천 도서

1장

유아 독서,
엄마에게 달렸다

지피지기(知彼知己)면 백전백승(百戰百勝)이라는 말이 있습니다. 나를 알고, 또 내 아이를 알면 독서 코칭도 훌륭하게 잘 해낼 수 있습니다. 내 아이에게 딱 맞는 맞춤형 독서 코칭은 오직 엄마만이 할 수 있습니다.

QR코드로 김명미 저자의 강의를 확인하세요.

01

책과의
꿀맛 나는 만남을
주선하자

"귀하디귀한 내 아이에게 꼭 해 주고 싶은 것이 있다면 무엇인가요?"라고 묻는다면 어떤 대답을 할 건가요? 해 주고 싶은 게 너무 많아 무엇을 먼저 꼽아야 할지 모르겠지요? 그렇다면 평생 좋은 벗이 되어 줄 '책 읽기의 즐거움'을 선물하세요.

'유아기'는 평생의 벗이 될 책이라는 친구와 처음 만나 인사를 나누고 나와 잘 맞을지 어떨지를 탐색하는 시기라 할 수 있습니다. 그렇기 때문에 아이에게 책에 대한 좋은 인상을 심어 주는 것이 매우 중요합니다. 자녀 교육의 귀재라는 유대인 부모들은 자녀가 처음 만나는 책에 꿀을 발라 놓는다죠? 아이로 하여금 '아, 책을 읽는 것은 꿀과 같이 달콤한 것이로구나.'라는 것을 알아차리라는 의도겠지요.

새로운 어떤 것에 대한 초기의 기억은 다음에 그것을 할지 또는 하지 않을지 결정할 때에 큰 영향을 미칩니다. 책 역시 마찬가지입니다. 좋은 사람과 즐거운 분위기에서 맛있는 음식을 먹었던 기억이 있는 식당을 다시 찾는 것과 같은 이치지요. '이 책에는 재미있는 이야기가 가득하단다. 엄마와 아빠는 너와 함께 이 책을 보는 시간이 좋아.' '너와 함께 책을 보면서 네가 새로운 것을 알아 가고, 손가락으로 이것저것 가리키며 말할 때 우리는 정말 기쁘단다.' '엄마와 아빠는 이 책에 들어 있는 즐거운 이야기를 재미있게 읽어 줄 때마다 네가 좋아하는 모습을 보면서 얼마나 행복한지 모른단다.' 아이가 이와 같은 부모의 따스한 마음과 분위기를 고스란히 느낄 수 있다면 분명 책이 좋아져 자꾸자꾸 읽고 싶어질 것입니다.

우리 집
독서 환경을
점검하자

유아들은 대부분의 시간을 집에서 엄마와 함께 보냅니다. 그렇기 때문에 엄마의 독서 태도와 가정 독서 환경은 유아의 독서 태도 및 독서 흥미에 매우 큰 영향을 미칩니다. 이런 점에 유의하여 가정의 물리적인 독서 여건과 엄마의 독서 태도를 중심으로 '우리 집 독서 환경'을 점검해 보고자 합니다.

점검 내용과 결과에 따라 내 아이가 어떻게 하면 긍정적인 독서 태도를 가질 수 있을지, 그리고 우리 집 독서 환경을 개선시킬 방법은 무엇인지 등을 찾아보도록 하겠습니다.

1) 우리 집 독서 환경 점검표

	매우 그렇다	그렇다	보통 이다	그렇지 않다	매우 그렇지 않다
1. 책을 읽을 수 있는 공간이 따로 있다.					
2. 부모가 책 읽기를 좋아한다.					
3. 다양한 장르의 책을 골고루 읽는다.					
4. 아이의 독서 활동을 돕기 위해 독서 관련 교육을 받은 적이 있다.	7시간 이상	5~6시간	3~4시간	2시간 이하	없다
5. 1달에 아이와 함께 몇 회나 도서관을 이용하나?	4회 이상	3회	2회	1회	없다
6. 1주일에 아이에게 몇 회나 책을 읽어 주나?	4회 이상	3회	2회	1회	없다
7. 아이가 규칙적으로 책을 읽을 수 있도록 시간을 마련한다.					
8. 아이와 함께 책을 읽은 후에는 관련된 독후 활동을 한다.					
9. 아이의 독서 결과물이 완전하지 않아도 칭찬한다.					
10. 여행이나 친척 집을 방문할 때에는 책을 가지고 간다.					

2) 항목 들여다보기

(1) 책을 읽을 수 있는 공간이 따로 있다

아이들의 관심은 쉽게 분산되기 때문에 다른 것에 방해받지 않고 책을 읽을 수 있는 공간이 필요합니다. 특히 좋아하는 장난감이 눈에 띄면 아무래도 아이는 책 읽기에 집중하기 어렵지요. 거실을 가족 모두가 책 읽는 공간으로 삼은 집도 꽤 있지요. 그렇게까지는 아니어도 엄마와 아이가 '여기는 책 읽는 장소'라 여기는 곳이 있으면 좋습니다. 소파 한 켠도 좋고, 식탁도 좋고, 거실 한쪽에 작은 책꽂이로 칸을 막아 그곳을 책 읽는 아지트로 삼으면 더 좋습니다. 그런 곳이 책 읽기에 딱 좋은 환경이랍니다.

(2) 부모가 책 읽기를 좋아한다

부모는 아이에게 책 읽는 모습을 한 번도 보여 주지 않으면서 아이에게만 책을 읽으라고 한다면, 그 말에 힘이 있을까요? 다 알고 있는 말이지만 아이가 책을 많이 읽기 바란다면 어른들이 먼저 책 읽는 모습을 보여 주어야 합니다. 아이들이 읽는 책과 부모가 읽는 책을 책장에 함께 꽂아 두세요. 부모와 함께 책을 읽으며 자란 아이, 책장에 책이 늘어 가는 것을 보면서 자란 아이는 어른이 되어서도 당연히 책을 좋아하겠지요?

(3) 다양한 장르의 책을 골고루 읽는다

엄마의 독서 성향은 아이에게 고스란히 대물림됩니다. 스스로 책을 고르지 못하는 유아기 아이들은 엄마가 골라 준 책만 읽으니까요. 엄마의 성향이 반영된 책을 읽어 온 아이는 엄마의 독서 취향을 닮겠죠? 그러니 아이가 읽을 책을 고를 때는 여러 장르의 책을 골고루 고르도록 각별히 신경 써야 합니다.

(4) 아이의 독서 활동을 돕기 위해 독서 관련 교육을 받은 적이 있다

독서 관련 교육에 참여하면 자녀 독서 교육에 대한 지식과 정보를 알 수 있을 뿐만이 아니라 현재 내가 잘하고 있는지 확인할 수 있습니다. 또 자녀 독서 교육에 잠깐 소홀했더라도 '아차!' 하고 다시 마음을 가다듬을 수 있지요. 가까운 문화센터, 도서관, 학교에서 열리는 독서 관련 교육이 있다면 적극 참석하기를 권합니다. 함께 교육받은 엄마들과 동아리 모임을 한다면 더 좋겠지요.

(5) 1달에 아이와 함께 몇 회나 도서관을 이용하나?

구슬이 서 말이라도 꿰어야 보배라는 속담이 있습니다. 도서관에 아무리 좋은 책이 많이 있어도 내 아이가 읽어야 보배지요.

(6) 1주일에 아이에게 몇 회나 책을 읽어 주나?

양이 아니라 빈도를 묻는 질문입니다. 한 번에 많은 시간 읽어 주는 것보다 잠깐씩이라도 매일 책을 읽어 주는 것이 아이의 바른 독서 습관을 형성하는 데 효과적입니다.

(7) 아이가 규칙적으로 책을 읽을 수 있도록 시간을 마련한다

위의 질문처럼 독서 습관을 기르는 데 긍정적인 영향을 주는 요소에 대해 묻는 질문입니다. 책은 언제 읽는 것이 좋은가에 대해 '언제'라고 딱 꼬집어 말할 수 없습니다. 언제든 읽고 싶을 때 읽으면 되는 것이죠. 그래도 저녁 식사를 마친 후라던가 유치원에 다녀와 간식을 먹으면서와 같이 책 읽는 시간을 정해 놓으면 좋습니다. 그 시간이 오면 아이는 당연히 책 읽는 시간으로 알고, 혹시 엄마가 못 챙기더라도 먼저 책을 읽자고 할 것입니다.

(8) 아이와 함께 책을 읽은 후에는 관련된 독후 활동을 한다

구리와 구라처럼 빵을 만들어 친구들과 나누어 먹으려면 『구리와 구라의 빵 만들기』를 읽어야죠. 개구리를 보러 논에 가기로 했으면요? 그럼 『개구리 논으로 오세요』를 읽으면 좋지요. 『아빠랑 함께 피자 놀이를』을 읽은 후에 아빠가 책에서처럼 피자 놀이를 해 주네요. 이 정도면 책을 썩 좋아하지 않는 아이라도 책 읽을 동기가 충분하지 않을까요? 아이와 함께 책을 읽은 후에 관련된 독후 활동을 하는 것은 아이에게 책에 대한 기대치를 높여 주는 좋은 방법입니다.

(9) 아이의 독서 결과물이 완전하지 않아도 칭찬한다

아이는 엄마의 칭찬을 먹고 자라는 사랑스러운 생명체입니다. 『도깨비를 빨아 버린 우리 엄마』를 읽은 후에 동그라미 몇 개를 그려 놓고 도깨비라고 해도, 『내가 아빠를 얼마나 사랑하는지 아세요?』를 읽고 하트 모양 종이에다 삐뚤빼뚤한 글씨로 '아빠 엄마 장말장말 사랑해요!'라고 썼어도 멋진 도깨비라고, 엄마도 사랑한다고 그렇게 말해 주세요. '장말장말'이 아니라 '정말정말'이라고 써야 한다고 말하는 센스 없는 엄마가 되지는 말아 주세요. "그림 실력도 늘었네.", "이런 말도 쓸 줄 아는구나."와 같은 칭찬은 아이로 하여금 자꾸 무엇인가를 하고 싶게 만들지요. 대신에 무작정 "우와! 잘했어!"만 반복하지는 마세요. 어떤 것을 잘했는지 구체적으로 칭찬해 주세요. 그래야 아이가 엄마가 진심으로 나를 칭찬한다고 생각하니까 말이죠.

여행이나 친척 집을 방문할 때 아이가 게임기를 먼저 챙기나요? 아니면 차 안에서 형제끼리 다투는 것이 싫어 엄마가 먼저 게임기를 가지고 가는 것을 허락했나요? 게임기를 가져가도 된다는 말 대신 이렇게 말해 보세요. "여행 가서 읽고 싶은 책을 가져오세요." 처음에는 몰라도 몇 번 반복하면 먼저 나서서 책을 챙기는 어여쁜 모습을 보여 줄 것입니다.

성격 유형에 따라 독서 코칭 방법도 다르다

MBTI 성격 유형 이론을 연구한 마이어와 브릭스 박사는 모든 사람은 고유의 성격을 가지고 태어난다고 했습니다. 그래서 사람마다 어떤 일에 대한 이해와 반응이 각기 다른데, 그것들은 좋고 나쁨을 따질 수 없다고 말했습니다. 이를테면 길을 잃은 강아지를 봤을 때 불쌍하다는 생각을 먼저 하는 사람과 사고 위험부터 생각하는 사람 가운데 누가 옳다고 판단할 수 없는 것 처럼 말이죠.

지금부터 MBTI 성격 유형 이론을 바탕으로 나(부모)와 우리 아이의 성격 유형이 무엇인지를 알아보고, 성격 유형에 따라 어떻게 하면 독서 코칭을 더 잘할 수 있는지에 대한 방법을 찾아보도록 하겠습니다.

모든 부모는 내 아이가 언제 어디서나 당당한, 자존감이 높은 아이로 자랐으면 하지요. 아이가 스스로 '난 정말 괜찮은 아이야!'라고 생각하게 하는 힘인 자존감은 부모로부터 사랑받고 인정받는 것에서 시작됩니다. 그렇기 때문에 부모는 아이의 타고난 성격 그대로를 인정하고, 그것을 제대로 발휘할 수 있도록 도움을 주어야 합니다.

아이들은 부모의 사랑을 먹고 자라는 존재이기 때문에 부모로부터 "아주 잘하고 있구나." 혹은 "그래, 네 생각이 맞아."와 같은 말을 자주 들으면 자연스럽게 '난 정말 괜찮은 아이야.', '엄마와 아빠는 나를 정말 사랑하시지.'와 같은 생각을 합니다. 그러나 반대로 "아이고, 또 이 모양이구나." 또는 "도대체 무슨 생각으로 그랬니?"와 같은 말을 들으면 점점 의기소침해져서 엄마와 아빠는 물론이고 아무도 자기를 좋아하지 않을 것이라고 생각해서 점차로 자신감을 잃습니다.

물론 부모 역시 소중한 아이에게 언제나 좋은 말, 긍정적인 반응만 해 주고 싶지만 그것이 마음대로 되지 않을 때가 종종 있습니다. 아이의 행동이나 생각을 이해하기 어려울 때가 바로 그때이지요. 그것은 부모나 아이, 둘 중 한쪽에 문제가 있거나 이상하기 때문이 아니라 성격이 다르기 때문인 경우가 많습니다. 예를 들어 목소리가 크고 쉼 없이 움직이는 외향형 아이의 경우 같은 외향형 부모에게는 큰 문제가 아니지요. 반면에 내향형 엄마에게 외향형 아이는 부담일 수 있습니다. 그래서 "하루에 10분만 가만히 앉아 있으면 좋겠다."거나 "목소리가 너무 커서 정신이 없다.", "잘 때는 조용해서 정말 예쁘다."는 푸념이나 하소연을 하기도 합니다. 반대로 아이가 수줍음을 많이 타고 모든 행동이 조심스러운 내향형일 경우 외향형 엄마는 아이의 성격 때문에 힘들어하기도 합니다. "자기 할 말을 제대로 하지 못한다.", "친구 관계에서 주도적으로 어울리지 못하는 듯 보여서 답답하다."고 합니다.

성격은 타고난 본성에 가깝습니다. 그래서 엄마가 아이를 유난스럽다거나 답답하다고 생각한다고 하여 당장 어찌할 방법은 없습니다. 다만 엄마와 아이의 성격을 알고 그 특징을 파악한다면 서로를 이해하는 데 큰 도움이 됩니다. 시끄럽고 정신없는 아이가 아니라 자신감이 넘치고 에너지가 많은 아이로, 답답한 아이가 아니라 신중하고 조심성 있는 아이로 장점이 눈에 들어올 것입니다. 이런 이해는 칭찬과 격려로 이어져 우리 아이를 자존감이 높은 아이로 자라게 할 것입니다. 이것이 성격 유형을 알면 자녀를 더 잘 키울 수 있는 이유지요.

> 심리학자 융의 심리 유형론에 따르면 겉으로 보기에는 모두 다르게 보이는 인간의 행동을 일정한 일관성과 질서에 따라 분류할 수 있다고 합니다. 모녀인 마이어와 브릭스는 융의 심리 유형론을 토대로 개인이 선호하는 행동 양식에 따라 'MBTI'라는 성격 유형 이론을 연구했습니다. 마이어와 브릭스는 성격에 따른 행동을 할 때, 주의 집중의 방향에 따라 외향형-내향형, 판단을 위한 정보를 수집

2) 성격 유형에 따른 독서 코칭 방법

성격 유형을 알면 독서 코칭을 더 잘할 수 있을까요? 답은 '그렇다.'입니다. 성격에 따라 책을 읽는 것을 좋아하기도 그렇지 않기도 하며, 심지어 같은 책을 읽어도 나타내는 반응이 제각각이기 때문입니다. 따라서 내 아이의 성격 유형을 알면 더욱 효과적인 독서 코칭을 할 수 있습니다.

(1) 외향형과 내향형

① 나와 내 아이의 성격 유형은

나의 성격 유형은	
외향형	**내향형**
• 폭넓은 대인 관계로 친구가 많다. • 말로 생각을 표현하는 것이 편하다. • 시행착오를 두려워하지 않고 먼저 행동한다. • 정열적이며 외부 활동을 좋아한다.	• 소수의 친구와 깊은 관계를 갖는 것이 좋다. • 말보다 글로 생각을 표현하는 것이 편하다. • 생각을 먼저 한 후에 행동한다. • 조용한 편이며 내부 활동을 선호한다.

<table>
<tr><th colspan="2">내 아이의 성격 유형은</th></tr>
<tr><th>외향형</th><th>내향형</th></tr>
<tr>
<td>
• 붙임성이 좋아 처음 보는 친구에게 말을 잘 걸고 또 빨리 친해진다.
• 친구들과 어울려 노는 것을 좋아하며 혼자 있으면 심심해한다.
• 활발하며 적극적이다.
• 기분을 잘 드러내는 편이다.
• 자신의 생각이나 아는 것을 다른 사람에게 말하는 데 거리낌이 없다.
</td>
<td>
• 낯을 많이 가리며 친한 사람이 없는 곳에 가는 것을 싫어한다.
• 혼자서도 책이나 장난감을 가지고 잘 논다.
• 조용하며 조심성이 많다.
• 속마음을 잘 드러내지 않아 기분이 어떤지 눈치채기 어렵다.
• 아는 것이 있어도 누가 물어보지 않으면 쉽게 말하지 않는다.
</td>
</tr>
</table>

② 외향형 아이와 내향형 아이는 이렇게 책을 읽는다

외향형 아이에게 가만히 앉아 책에 집중하는 것은 쉬운 일이 아닙니다. 그래서 외향형 아이에게 책을 읽어 줄 때에는 다소 과장된 몸짓과 목소리를 동원하여 아이의 관심을 집중시키는 것도 방법입니다.

외향형 아이는 책을 읽다가 궁금한 것이 있으면 즉시 해결해야 다음 이야기를 재미있게 읽을 수 있습니다. 또 읽으면서 흥미로운 장면이 나오면 그것에 흠뻑 빠져서 등장인물을 흉내 내고, 몇 번이고 반복해서 다시 읽어 달라고 합니다. 이때 엄마는 이러다 우리 아이가 책을 끝까지 읽지 못하거나 어찌어찌 다 읽는다고 해도 내용을 제대로 이해하기 어려울 것 같은 생각이 듭니다. 그래서 "다 읽은 다음에 대답해 줄게.", "끝까지 읽어야지.", "자꾸 그러면 안 읽어 줄 거야."라며 아이의 행동을 제지하려고 합니다. 그런데 엄마의 걱정과 달리 외향형 아이는 멈추었다 다시 읽기를 반복하더라도 내용을 이해하는

데 큰 지장을 받지 않습니다. 외향형 아이들이 책을 읽을 때 질문을 하고, 등장인물을 흉내 내는 것은 소리 내어 읽는 것과 마찬가지로 책을 읽는 하나의 수단입니다.

외향형 아이들은 자신이 알고 있는 것을 다른 사람에게 말하거나 행동으로 표현하는 것을 좋아하고, 그렇게 함으로써 그것들을 보다 확실히 기억합니다. 책을 읽은 후에 인형극이나 선생님 놀이 등을 하면 내용을 잘 기억할 뿐만이 아니라 자연스럽게 이야기를 구성하는 능력, 조리 있게 말하는 솜씨도 길러집니다.

또 혼자 책을 읽으라고 하면 시들하다가도 다른 사람에게 책을 읽어 주라고 하면 신이 나서 읽어 줍니다. 외향형 아이는 공개적으로 칭찬받는 것을 좋아하며, 자기가 하는 행동이 누군가에게 도움이 된다면 평소 좋아하지 않아도 의미를 두어 열심히 하는 성향이기 때문입니다. 동생이나 엄마, 또는 인형이나 애완동물도 책을 읽어 줄 수 있는 좋은 대상입니다. 이런 활동을 통하여 책을 가까이하게 하고 자기가 꽤 쓸모 있다는 생각을 갖게 할 수 있습니다.

외향형 아이가 직접 경험하면서 학습하는 것과 다르게 내향형 아이는 읽기를 통해 배우고 경험하는 편입니다. 내향형 아이는 외부 활동보다 조용히 책 읽는 것을 좋아합니다. 생일을 맞이했거나 해서 여러 친구들이 놀러 왔을 때 관찰해 보면 알 수 있습니다. 다른 아이들이 어울려 놀 때 한쪽에서 책에 푹 빠져 있는 아이가 있다면 그 아이는 내향형일 가능성이 높습니다.

하지만 책을 좋아하던 아이가 막상 책을 읽은 후에 그에 관련된 질문을 받으면 산만해 보이던 외향형 아이들에 비해 머뭇거리는 모습을 볼 수 있습니다. 그래서 '재미있어하며 잘 듣는 것 같았는데 왜 대답을 못하지?', '내용을 이해하지 못했나?'와 같은 의문이 들기도 합니다. 내향형 아이들은 확실치 않거나 생각이 정리되지 않은 상태에서는 말을 아끼는 편이라는 것을 알아주어야 합니다. 그래서 말하면서 생각을 정리하는 외향형 언니나 동생과 함께 있을 때면 자신이 말할 기회를 놓쳐 속상해할 때가 종종 있습니다. 이럴 때 엄마가 내향형 아이를 잘 관찰해 말할 준비가 되었다는 눈빛이나 분위기를 눈치채서 먼저 말할 기회를 주어야 합니다. 그러면 어떤 외향형 아이보다 잘 대답할 것입니다. 이런 특성을 모르고 말하기를 재촉하거나 목소리를 크게 하라고 하면 내향형 아이는 점점 입을 닫고 심지어 울음을 터트리기도 한답니다. 대신에 자신의 생각을 그림으로 그리거나 글로 쓰는 것은 말로 하는 것보다 쉽게 해내지요.

유치원에서 자기가 읽은 책을 친구에게 소개하는 시간이 있으면 미리 소개할 내용을 적고 나서 편안한 엄마 앞에서 한 번쯤 연습하도록 해 주세요. 내향형 아이일수록 사람들 앞에서 성공적으로 말한 경험이 중요하니까요.

외향형 아이

- 책 읽어 주는 시간은 한 번에 15분을 넘지 않는 것이 좋다. 더 길어지면 집중력이 흐려진다.
- 책을 읽은 후에 다른 사람과 선생님 놀이, 의사 놀이 같은 역할 놀이를 하도록 한다. 책의 내용을 훨씬 잘 이해하고 또 자기 것으로 만들 수 있다.
- 서점이나 도서관에 같이 가면 책보다 다른 관심거리를 찾느라 엄마의 기대처럼 진득하게 책 읽는 것이 어려울 수도 있다. 그곳을 탐색하느라 바쁘기 때문이다.
- 책을 읽어 줄 때 딴짓하거나 돌아다니기도 한다. 그래도 아이의 귀는 열려 있으니 포기하지 말고 읽어 주자. 외향형은 한 번에 여러 가지를 할 수 있는 능력이 있다.
- 동생이나 친구, 다른 사람에게 책을 읽어 주도록 한다. 그러고 나서 사람들 앞에서 아이를 크게 칭찬한다.
- 책의 내용을 말할 때 자주 핵심에서 벗어나면 "네가 한 말은 ○○하다는 것이지?"라고 하며 아이의 주의를 환기시켜 주면 된다.
- 글로 표현하기 전에 먼저 말하도록 한다. 외향형 아이는 말을 하다 보면 생각이 정리된다.
- 외향형 아이에게 책은 놀이이자 의사소통의 수단이다. 따라서 친구와 함께 읽도록 한다.
- 다른 사람에게 도움되는 책 읽기를 권장하라. 자부심을 갖고 읽을 것이다.
- 책 읽는 시간을 정해 주고, 주변에 아이가 관심 보일 만한 것들을 치워서 아이가 책에 집중할 수 있게 한다.

내향형 아이

- 아이에게 조용히 혼자 책 읽을 수 있는 시간을 마련해 준다. 내향형 아이에게는 그 시간이 소중한 휴식이자 에너지를 충전하는 시간이다.
- 서점이나 도서관에서 아이가 택한 책을 존중해 준다. 신중하게 고민해서 고른 책일 것이다.
- 내향형 아이는 역동적인 독후 활동보다는 글을 쓰고 그림을 그리거나 만들고 꾸미는 것을 선호한다.
- 책을 읽은 후에 역할 놀이를 하는 것은 내향형 아이게도 좋은 활동이다. 다만 친구들 사이에서 수동적인 역할을 하더라도 간섭하는 것은 금물이다. 일단 자신감이 생기면 조용한 리더 역할을 잘할 것이다.

- 책을 읽은 후에 어서 말해 보라고 재촉하는 대신 "천천히 생각해도 괜찮아. 준비가 되면 이야기해 줘." 하고 기다리자. 아이는 지금 생각을 정리하는 중일 것이다.
- 뜬금없이 며칠 전 읽은 책 내용을 말하기도 한다. "엄마, 호랑이가 팥죽 할머니 잡아먹으려고 했지?"라고 말이다.
- 아이의 말이 잘 안 들려도 크게 말하라고 하지 마라. 또 "무슨 말인지 잘 모르겠는데 다시 한 번 말해 줄래?"라고 되묻는 것도 삼가자. 대신 아이의 눈을 보며 귀 기울여 듣고 반응하자. 그래야 다음에 또 이야기한다.
- 내향형 아이도 당연히 발표하고 싶어 한다. 여럿이 있을 때는 내향형 아이에게 발표할 순서를 말해 주거나 준비된 듯 보이면 먼저 기회를 주자.

③ 외향형 엄마인가, 내향형 엄마인가에 따라 독서 코칭 때 조심할 점이 다르다

외향형 엄마는 아이에게 책을 읽어 줄 때에 목소리와 몸짓을 크게 해 가며 책을 실감나게 읽어 줍니다. 책을 읽어 줄 때 아이들과 역동적으로 상호 작용하는 것을 좋아해서 외향형 아이와 책을 읽으면 그야말로 '쿵짝'이 맞아 재미있습니다. 그러나 외향형 엄마가 내향형 아이와 책을 읽으며 대화할 때는 아이의 느릿한 반응, 모기 소리처럼 작은 목소리에 답답함을 느낄 수 있습니다. 그래서 "왜? 모르겠어? 잘 알잖아. 대답해 봐." 하며 큰 목소리로 다시 묻는데, 내향형 아이에게는 자칫 꾸짖는 것으로 들려 점점 자신감을 잃을 수도 있답니다. 어떤 경우는 "○○이라고 생각해?, 아니면 ☆☆이라고?" 하면서 아이가 말할 것을 짐작해 먼저 말하기도 하는데, 그보다는 '시간이 필요한 아이'라는 것을 이해하고 기다려 주는 것이 좋습니다.

외향형 엄마는 아이가 외부 세계를 연관 지어 직접 경험하도록 밖

으로 데리고 나가는 것을 좋아합니다. 틈나는 대로 그림책 원화전을 하는 도서관으로, 살아 있는 물고기를 볼 수 있는 수족관으로, 그리고 동화책으로 읽은 『심청전』을 공연하는 어린이 극장으로 아이의 손을 잡고 적극적으로 집을 나서지요. 게다가 자녀에게 다른 사람들과 어울릴 기회를 만들어 주고 싶어 하기 때문에 여러 사람과 함께 다니는 것을 좋아합니다. 아이도 외향형이라면 이 모두를 즐기겠지만 내향형 아이라면 금방 지칠 수도 있습니다. 어쩔 수 없이 엄마를 따라 여러 사람과 함께 공연이건 견학이건 가면 꼭 빨리 집에 가자고 칭얼대 엄마를 곤란하게도 합니다. 이것은 내 아이가 징징대는 아이라서가 아니라 많은 사람 틈에 있으면 에너지가 빨리 소진되는 내향형 아이이기 때문입니다.

내향형 엄마는 조용히 책을 읽어 주고 소곤소곤 생각을 주고받는 것을 좋아합니다. 같은 자리에서 오랫동안 많은 책을 읽어 줄 수 있죠. 그것을 잘 들어주는 내향형 아이가 있다면 즐거운 일이겠지요. 그런데 외향형 아이는 즉시 말하고 행동하는 유형이다 보니 책을 보다가 다른 것에 관심을 보이는 경우가 다반사입니다. 내향형 엄마에게 이런 아이를 제지해 가며 책을 읽어 주는 것은 상당한 에너지를 소모하는 일이지요. 이럴 때는 산만하다고 야단치는 것보다 장난감을 치워 아이가 책에 집중할 수 있는 환경을 만들어 주고 또 짧은 시간을 이용해 한두 권 정도만 읽어 주면 좋습니다.

내향형 엄마는 어떤 활동을 주도하는 것보다 가만히 지켜보는 것이 편안합니다. 그런데 외향형 아이에게는 이것이 자신에게 관심 없는 것으로 느껴질 수 있다는 것을 알아 둘 필요가 있습니다. 외향형 아이의 큰 목소리와 다소 과할 정도의 행동은 엄마의 관심을 끌어 볼 의도일지도 모르니까요. "엄마, 이것 봐. 절구통이 호랑이를 이렇게 꽝 했지?", "엄마, 호랑이가 할멈을 잡아먹겠다. 어흥! 그랬지? 그치?" 하고 온몸을 던져 꽈당 넘어지기를 몇 번씩 반복하고 자꾸 자기를 보라고 "엄마, 엄마!" 하고 부르지요.

내향형 엄마는 밖에서 활동하는 것보다 자녀와 도서관에 가서 책 읽기, 요리하는 책을 읽고 집에서 손으로 조물조물 만들기 놀이를 하는 것을 선호합니다. 그렇더라도 필요하다면 '개구리'가 나오는 책을 읽고 계곡이나 논에 가서 개구리를 직접 보게 해 주고, '도자기'가 나오는 책을 읽은 후에는 도자기 만들기 체험을 합니다. 다만 밖에 나가 이런 활동을 하고 나면 급히 피로를 느끼지요. 더구나 사람이 많이 모이는 곳에 다녀왔다면 피곤함은 더하고요. 이럴 때는 무리하지 말고 바깥 활동을 좋아하고 사람들을 만날수록 힘이 솟는 외향형 엄마와 역할을 분담하여 각자 더 잘할 수 있는 일을 하는 것이 현명합니다.

(2) 감각형과 직관형

① 나와 내 아이의 성격 유형은

나의 성격 유형은	
감각형	직관형
• 경험을 중요시하며 지금에 집중한다. • 오감에 의존해 정확하고 철저한 일 처리를 한다. • 사실적이며 세부적인 것을 잘 본다. • 사건을 사실적으로 묘사한다. • 꼼꼼하고 일 처리가 정확하다. • 현실적이고 실용적이다.	• 미래 지향적이며 가능성에 집중한다. • 육감 또는 영감에 의존해 신속하며 비약적으로 일 처리를 한다. • 전체를 보며 통찰력이 있다. • 비유적인 표현을 많이 한다. • 창의력과 상상력이 풍부하다는 말을 자주 듣는다. • 변화와 다양성에 관심을 보이며 새로운 것, 복잡한 일을 즐긴다.

내 아이의 성격 유형은	
감각형	직관형
• 무엇을 할 때 꾸준하고 참을성 있게 하는 편이다. • 구체적인 보기를 들어 설명해야 쉽게 이해한다. • 꼼꼼하며 사람의 외모와 특징을 잘 기억한다. • 다른 사람이 하는 대로 따라하거나 익숙한 놀이를 좋아한다.	• 무엇을 할 때 다른 것에 관심을 쏟다가 다시 원래 하던 것을 한다. • 상상력이 풍부하며 상상 속 친구와 이야기 나눈다. • 새로운 대상을 공부하는 것, 이전과는 다른 방식으로 하는 것을 좋아한다. • 엉뚱한 생각이나 행동을 자주 한다.

② 감각형 아이와 직관형 아이는 이렇게 책을 읽는다

감각형 아이는 책을 처음부터 끝까지 차근차근 읽습니다. 집에 전집류의 책이 있다면 1권부터 차례대로 보는 것을 선호하고, 좀 더 커서 장편을 읽을 때에도 1권을 읽었는데 누가 2권을 읽고 있으면 3권으로 넘어가지 못하고 기다리거나 재촉하지요. 순서대로 예측 가능한 이야기를 읽기 때문입니다. 그리고 많은 책이 있을 때 새로운 책을 고르기보다 한두 번 읽었던 책이나 익숙한 소재를 다룬 책을 고르는 편입니다. 유치원이나 친구 집에 놀러 갔을 때 책장이 있으면 "이 책! 우리 집에 있어요.", "나 이거 아는데." 하며 낯선 책보다는 익숙한 것을 먼저 집어 들지요. 감각형 아이를 새로운 책과 친해지게 하려면 처음에는 누군가 함께 읽어서 친숙하게 해 주면 좋습니다.

또 감각형 아이들은 구체적인 경험을 먼저 한 후에야 추상적인 개념과 원리를 쉽게 이해하기 때문에 책을 먼저 읽고 경험하는 것보다 먼저 경험하고 책을 보면 훨씬 흥미로워하고 잘 이해합니다. 숲 체험을 하면서 장수풍뎅이를 관찰했다면 얼른 장수풍뎅이 책을 함께 보세요. 아이는 곤충과 관련된 비슷한 다른 책을 찾아 읽는 적극성을 보일 것입니다. 비슷한 맥락으로 동식물에 대한 다큐와 같은 영상물도 독서 동기를 자극하는 좋은 자료가 된답니다.

감각형 아이들은 책의 내용을 말해 보라고 하면 처음부터 끝까지 자세하게 말하려고 합니다. 앞부분을 너무 상세하게 말하다 보면 점점 이야기의 맥락이 흐려져 "그래서… 음…." 하고 꼬리를 흐리죠. 이럴 때는 얼른 엄마가 구원 투수로 등장해서 "할머니가 팥죽을 쑤면서 울고 있었지?"라고 중간 다리를 놓아 주세요. 또 다른 방법은 책의 중요 몇 장면을 보며 말할 수 있게 도와주거나 부모나 형제가 돌아가며 이야기하면 훨씬 편안하게 책 내용을 정리해 말합니다.

직관형 아이는 차근차근 읽기 전에 숭덩숭덩 넘겨보기를 합니다. 이야기가 어떻게 전개되는지 궁금증이 해결된 후에 다시 처음부터 순서대로 보아야 차분하게 읽을 수 있습니다. 이런 유형의 아이들은 좀 더 커서 여러 권으로 된 책을 볼 때 중간에 이가 빠져 있어도 개의치 않습니다. 1권을 읽고나서 2권을 읽어야 하는데 다른 사람이 그 책을 일고 있다면 그 사람이 다읽을 때 까지 기다리는 대신 3권을 먼저 읽는 것을 선택합니다. 전체의 밑그림이 그려진 후에 세부적인 것을 채우는 성향이라 가능한 읽기 방식이지요.

직관형 아이는 책의 내용을 물어보면 세세하게 말하는 감각형 아이와 달리 "호랑이가 할머니를 잡아먹으려고 했다가 골탕 먹었어."라는 식으로 간략하게 핵심을 짚어 내지요. 이처럼 직관형 아이는 전체를 보는 눈이 발달한 반면 세부적인 것은 놓칠 수 있으니 이야기 전개상 중요한 부분은 다시 보면 좋습니다. 직관형의 특성상 다시 보는 것을 좋아하지 않는다면 그림 위주로 주요 장면을 사진 찍어 차례대로 늘어놓기, 그림 설명하기 등의 활동을 하면 도움이 됩니다.

직관형 아이들은 세부 사항에 집중하는 것에는 서툴지만 전체 이야기의 흐름을 잘 꿰지요. 또 반복되는 것을 싫어하고 새로운 읽을 것을 주었을 때 관심을 보입니다. 이 때문에 유치원에서 선생님이 자기가 아는 책을 읽어 주면 이미 읽은 책이라며 흥미를 보이지 않아 '집중하지 않는 아이'로 오해받기도 합니다.

그리고 책을 읽다가 또는 이야기를 나누다가 번개처럼 떠오르는 생각이 있으면 곧잘 그것에 빠지는 경향이 있습니다. "팥죽 할머니를 잡아먹으려는 호랑이가 송곳에 엉덩이를 찔렸습니다."라는 문장에서 "엄마, 거인 아저씨가 큰 주사 무서워했지?", "나는 주사 안 무서운데. 언니는 울었지?" 등으로 말이지요. 흔히 말하는 삼천포로 빠진다고 해서 크게 염려할 것은 없습니다. 차례와 절차를 중요시 여기는 감각형 엄마가 볼 때는 이러다 어떤 것도 제대로 건지지 못할 것 같지만 그런 식으로 생각의 가지를 확장해 나가는 것이 직관형 아이에게는 자연스러운 생각 방법이랍니다. 바로 제지하면 자기가 거부당했다고 생각할 수도 있으니 아이의 생각에 꼬리를 물어 "엉덩이 주사 맞았는데 우리 ○○이는 안 울었지? 그런데 호랑이는 송곳에 찔려서 엉덩이 아프겠다. 그치? 어디 볼까?"라는 식으로 자연스럽게 이야기를 연결시켜 주의를 다시 돌리면 됩니다.

직관형 아이들은 인형이나 장난감을 가지고 말을 걸며 잘 놀고 책에 등장하는 인물에게 말을 시켜 가며 놉니다.

아직 글자를 모르는 아이들이 책을 들고 중얼거리며 읽고 있을 때 잘 관찰해 보세요. 감각형 아이들은 엄마가 읽어 주었던 내용을 기억해 비슷하게 읽고 있고, 직관형 아이들은 그 속에 자기들이 지어낸 이야기가 들어 있는 것을 발견할 것입니다.

감각형 아이

- 낯선 책보다 익숙한 책을 선호한다. 새로운 책을 시도할 때 익숙한 인물이 나오거나 친숙한 작가의 책을 권하는 것도 방법이다.
- 반복해서 보는 것을 지루해하지 않는다. 여러 번 봐서 깊이 알 수 있으니 학습을 위한 읽기를 할 때 장점으로 작용한다.
- 전집이나 여러 권이 이어지는 책을 순서대로 읽고 싶어 하는 아이에게 "괜찮아, 이것부터 읽어."라는 말은 귀에 들어오지 않는다. 얼른 빠진 책을 찾아 주자.
- 세세한 것까지 놓치지 않고 보는 편이다. 모두 중요하다고 여기기 때문이다. 함께 읽을 때 책장을 넘기지 못하게 하면 잠시 기다려 주자.
- 자세히 말하는 것은 잘하지만 짧게 간추리기를 어려워한다. 한 장면씩 말하게 하고, "아, 할머니랑 팥밭 매기 시합을 해서 호랑이가 이겼구나." 하고 아이가 한 말을 짧게 간추려 주자. 엄마의 시범은 좋은 방법이다.
- 경험하지 않은 것을 구체화하는 것을 어려워한다. 직관형보다 책으로 새로운 것을 배우는 것에 흥미를 덜 느낀다. '선 경험, 후 읽기'가 좋다.
- 책 내용을 물어볼 때는 짧게 말할 수 있게 적절한 질문을 하자. "팥죽을 먹은 송곳은 어떻게 했지?", "그다음에는 누가 나타났지?"와 같은 질문이 좋다. "팥죽 할머니와 호랑이가 나오는 이야기해 줄래?"라고 하면 아이는 전부 이야기하기가 부담되어 아예 모른다고 답해 엄마를 실망시킬 수도 있다.

직관형 아이

- 새로운 책을 볼 때 훑어보는 것을 걱정하지 않아도 된다. 직관형 아이들은 전체 그림을 그린 후에 세부 내용을 채우며 읽는다. 세부내용이 궁금해서 처음부터 다시 읽을 것이다.
- 좋은 책인데 한 번 본 후에 휙 던지고 관심을 보이지 않아 아까운 생각이 들 수도 있다. 여러 번 보게 하고 싶다면 그때그때 미션을 주도록 하자. "할머니가 준 팥죽을 먹은 친구들이 어떤 순서로 호랑이를 혼내 주는지 한번 보자."라고 말하자.
- 한 번 본 책은 관심 밖으로 내쳐지기 쉽다. 집에 책이 많아도 우리 집에는 책이 없다는 말을 한다. 호기심이 많아 관심사가 다양하고 새로운 것에 흥미를 보이는 직관형 아이들의 욕구를 채워 주려면 집에 있는 책만으로는 어려우니 자주 서점이나 도서관 나들이를 하자.

- 책 속의 인물에게 말을 걸고 대화를 나눈다. 직관형에 내향형 아이일 경우 "뭐해?"라는 관심은 사절이다. 계속 책 속의 인물과 대화하는 것을 듣고 싶으면 눈치채지 못하게 관찰하자.
- 상상력을 발휘하여 책 내용에 덧붙이기를 잘한다. "그다음에 어떻게 됐을까?"라는 질문은 상상력을 자극하는 좋은 질문이다.
- 책을 읽다가 관심이 다른 곳으로 뻗어 나가는 아이를 산만하다고 오해하지 말자. 가끔은 아이의 생각을 따라가 보자. 나름의 연결 고리가 있다는 것을 알 수 있다.

③ 감각형 엄마인가, 직관형 엄마인가에 따라 독서 코칭 때 조심할 점이 다르다

감각형 엄마는 현실적이라 아이가 지금 처해 있는 상황이 어떤지, 아이에게 지금 필요한 것이 무엇인지를 잘 알고 대처합니다. 아이가 어떤 책을 좋아하는지, 어떤 책을 선호하지 않는지를 평소에 잘 관찰해 두었기 때문에 상황에 맞는 책을 골라 적시에 제공할 수 있죠.

정보 수집에 능한 감각형 엄마들은 독서와 관련된 정보를 어디에서 얻을 수 있으며, 어떻게 하면 필요한 도서를 구할 수 있는지를 잘 알고 이를 자녀 교육에 잘 활용합니다. 그리고 필요하다면 직접 배워서라도 가르치고 싶어 합니다. '어느 도서관에서 엄마와 아이를 위한 책 놀이 프로그램을 한다.', '어느 문화센터에 가면 유아를 위한 책 읽어 주는 선생님이 있다.', '이번 주에 어떤 도서관에서는 책 잔치가 있어 좋은 책을 싸게 구할 수 있다.'와 같은 알찬 정보를 알고 싶다면 감각형 엄마에게 물으면 정확합니다. 감각형 엄마가 알고 있는 이 모든 정보는 온전히 아이를 위해 쓰입니다.

감각형 엄마의 제일 큰 장점은 수집한 정보를 잘 사용한다는 것이나 가끔은 그것이 넘쳐 아이를 힘들게 할 수도 있습니다. 다행히 아이도 감각형이면 감각형 엄마가 제시하는 것들을 큰 무리 없이 잘 따라갑니다. 그러나 직관형 아이는 필요하기 때문이 아니라 '문득' 하고 싶어야 합니다. 그러다 보니 엄마가 "이 책이 좋으니까 읽자.", "여기 도서관 선생님이 재미있게 책을 읽어 준다고 하니까 가자."라고 해서 따르지 않습니다. 엄마가 좋다니까 아이도 어느 정도 하는 척할 수는 있지만 마음에 들지 않으면 시들할 때가 많습니다. 대신에 직관형 아이는 자기가 관심 있어 하는 것은 반드시 하고야 마는 성미입니다. 감각형 엄마는 특유의 관찰력으로 직관형 아이의 관심사를 살펴 그에 맞는 정보를 제공해 주는 역할을 해야 합니다. 그리고 선택은 직관형 아이에게 맡기는 편이 좋습니다.

직관형 엄마는 꾸준한 관심, 꾸준한 실천과는 조금 거리가 있습니다. 반복의 안정감보다 새로운 것에서 오는 신선한 자극을 선호하기 때문이죠. 아이를 위해서도 새로운 경험을 자꾸 시킵니다. 감각형 엄마가 지난해 도서관에서 참여했던 유아 그림책 읽기 프로그램이 좋아 올해도 같은 프로그램에 아이를 참여시키고자 한다면, 직관형 엄마는 한 번 해 봤으니 다른 프로그램을 찾아야겠다고 생각합니다.

새로운 경험을 선호하는 직관형 엄마를 둔 감각형 아이는 피곤할 수 있습니다. 지금 하고 있는 게 익숙하고 편안해서 좋은데 엄마가 자꾸 낯선 것을 하라고 하니까요. 새로워서 좋은 것은 어디까지나 직관형 엄마지 감각형 아이도 그렇게 느끼는 것은 아닙니다. 대신 직관형 아이는 그런 면에서 직관형 엄마와 코드가 맞습니다. 오히려 감각형 엄마가 이전에 해 봤던 것을 좋으니까 또 하라며 권하면 지루하게 생각하지요.

감각형 아이는 같은 책을 곱씹어 보는 경향이 있습니다. 초등학생이 되고 중학생이 되면 책 읽을 시간이 넉넉하지 않으니까 새로운 책을 읽으면 좋겠다고 여기는 직관형 엄마와 달리 감각형 아이는 전에 본 책인데도 재미있다며 다시 보곤 합니다. 그렇다고 감각형 아이가 새로운 책을 아예 안 보려고 하는 것은 아닙니다. 감각형 아이에게는 전에 읽었던 책, 심지어 아주 어렸을 때 읽었던 책을 다시 보는 것이 휴식이라는 점을 알아주어야 합니다.

(3) 사고형과 감정형

① 나와 내 아이의 성격 유형은

나의 성격 유형은	
사고형	감정형
• 일 중심 사고를 한다. • 객관적인 원리와 원칙이 중요하다. • 논리적이라거나 지적이라는 소리를 듣는다. • 규범을 중시하며 객관적인 판단을 한다. • 끈기 있고 참을성 있다는 말을 듣는다. • 칭찬이나 인간적인 관심이 어색하다.	• 사람 중심, 관계 중심 사고를 한다. • 의미가 중요하다. • 친절하며 따뜻하다는 소리를 듣는다. • 포용적이며 정상을 참작한다. • 정이 많다. • 칭찬하고 칭찬받는 것을 좋아한다.

내 아이의 성격 유형은	
사고형	감정형
• '왜?'라는 질문을 자주 한다. • 유치원에서 공평한 선생님을 좋아한다. • 야단을 맞거나 벌을 서도 눈물을 보이지 않는 편이다. • 놀이할 때 경쟁적이다. 벌칙을 시행할 때 인정사정없다. • 논리적으로 친구나 선생님을 설득한다.	• 다른 사람이 어떻게 생각할까에 민감하다. • 유치원에서 친절한 선생님을 좋아한다. • 눈물이 많고 순하다는 소리를 듣는다. • 놀이할 때 양보를 잘하는 편이다. • 벌칙을 시행할 때 마음이 약해 잘 봐준다. • 무엇을 설명할 때 길게 설명한다.

② 사고형 아이와 감정형 아이는 이렇게 책을 읽는다

사고형 아이는 머리로 판단합니다. 어린아이라도 논리적인 설득이 통하고 사건과 감정을 분리할 줄도 압니다. 방금 어떤 일로 꾸지람을 들었어도 금방 화제를 전환시키면 큰 무리 없이 따르기도 합니다. 대신 자기 생각을 다른 사람에 의해 바꾸지 않기 때문에 가끔 고집 센 아이로 보이기도 하지요. 책을 선정하고 읽을 때에도 이와 같은 성향이 고스란히 드러납니다. 그래서 책에 대한 고정관념이 생기기 전인 유아기에 다양한 주제의 읽을거리를 접할 수 있도록 엄마가 나서서 노력해야 합니다.

사고형 아이들은 책 속 인물의 말이나 행동에 나름의 기준을 내세워 판단합니다. 일곱 살만 되어도 호랑이와 할머니가 팥밭 매기 내기를 하는 장면에서 호랑이가 훨씬 힘이 세기 때문에 공평한 내기가 아니라고 이의를 제기하기도 하지요. 배경지식이 있는 아이는 "원래 호랑이는 팥죽을 먹지 않아." 하고 말하기도 합니다. 초등학교 1~2학년 정도의 아이는 동물이 어떻게 말을 하느냐는 반응을 보이며, 3~4학년이 되면 이야기책은 좀 시시하고 빤하다고 합니다. 그러면서 자신의 지적 욕구를 채워 주는 지식 서적 쪽으로 독서 취향이 기웁니다.

새롭게 알아 가는 재미와 "와, 이런 것도 아는구나!" 하는 주위의 반응에 자극받아 점점 읽는 지식 도서의 수준이 높아져, 일찍 혼자 읽기를 시작한 아이의 경우에는 일곱 살 아이가 초등학교 2~3학년 수준의 책을 편히 읽기도 하지요. 이렇게 수준 높은 책을 읽는 것은 기특하지만 편향적인 독서를 한다는 면에서는 다소 주의를 기울여야 합니다. 이야기책을 읽으면서 그 속에 등장하는 인물의 입장과 처지를 이해하고, 감정을 읽어 내며 다양한 인간관계를 경험해야 하는데, 지식 책 위주의 독서를 하다 보면 그 기회를 놓칠 수가 있습니다. 사고형 아이들에게는 의도적으로 이야기책에 흥미를 가질 수 있도록 해야 합니다. 힘이 센 호랑이와 할머니의 팥밭 매기 시합이 공평하지 않다고 생각하는 아이에게 "이건 옛날이야기잖아."보다 "그럼 어떻게 하면 공평하게 시합할 수 있지?" 하고 의견을 물어보는 방식으로 말이지요.

감정형 아이는 말 그대로 감정이 앞서기 때문에 책을 읽을 때의 분위기가 중요합니다. 기분이 좋지 않을 때에는 책 읽기는 물론이고 공부하기, 심지어는 노는 것까지 시들합니다. 칭찬받으면 자기 능력 이상을 발휘하지만 반대로 야단맞으면 자기 능력의 10분의 1도 발휘하지 못하는 아이들입니다. 그렇기 때문에 이 아이들이 책을 좋아하게 만들려면 책을 읽을 때 따뜻하고 즐거운 분위기를 조성하는 것이 최우선입니다. 질문을 하고, 대화를 나누는 상호 과정 중에 혹시 대답을 잘하지 못하더라도 실망하는 표정을 짓거나 질책하는 것은 금물입니다. 그러면 금방 머릿속이 하얘져 알고 있던 것도 제대로 답하지 못하고 눈치만 보니까요. 이 아이들은 굳이 말로 하지 않아도 분위기로 엄마가 자기에게 어떤 감정을 갖고 있는지 정확히 인지한다는 것을 꼭 기억해야 합니다.

감정형 아이들은 책 속 인물에 쉽게 감정을 이입합니다. 그래서 책 읽는 도중에 등장인물의 처지가 불쌍하면 자신의 처지라고 느끼는 듯 눈물을 흘리기도 하고, 주인공을 괴롭히는 인물이 나오면 화를 내며 때려 주기까지 하지요. 할머니를 잡아먹으려다 호되게 당하고 강물에 빠지는 호랑이를 불쌍하다고 말하는 아이도 있습니다. 호랑이가 배고파서 한 행동이니까 팥죽을 많이 주고 같이 놀아 주어야 한다고 이야기하는 아이도 있지요. 그러면 옆에 있던 사고형 언니가 "야, 어차피 호랑이는 팥죽을 안 먹어. 그냥 할머니를 잡아먹을 거야." 하고 한마디 합니다. 성향의 차이죠.

감정형 아이들은 "만일 네가 주인공이라면 어떤 마음일까?", "어머, 얘가 속상하겠다. 어떻게 해 주면 좋지?"와 같은 질문에 반응을 잘합니다. 그림 속 등장인물을 쓰다듬어 가며 "아저씨가 나빴어. 내가 호~ 해 줄게.", "무서우니? 울지 마. 내가 혼내 줄게.", "엄마가 나빴다, 그치."라고 말하며 말이죠. 이때 아이들이 하는 말을 엄마가 포스트잇을 활용해 등장인물 옆에 붙여 주면 좋습니다. 이와 같은 방식으로 엄마가 아이의 생각을 남겨 주면 더 적극적으로 표현하거든요. 이런 작은 노력은 얼마 후에 다시 그 책을 볼 때 아이의 생각 추이를 읽을 수 있어 좋고, 글을 쓸 때 활용할 수 있어서 또 좋습니다.

이야기 속으로 쉽게 빠져드는 감정형 아이들은 상대적으로 딱딱한 지식을 전달하는 책은 덜 좋아합니다. 유년기에는 이야기책을 많이 읽지만 학령기에 접어들수록 지식을 담은 책에도 관심을 갖고 읽기 시작해야 합니다. 차차 크면 읽겠지 하고 그대로 두면 갈수록 지식 책에 부담을 가집니다. 이럴 때는 아이의 또 다른 성향 지표인 외향-내향, 감각-직관, 판단-인식 유형을 세심히 고려해 직접 경험하게 하거나 놀이를 하는 등의 방법을 동원해서 지식 책을 즐겁게 접하도록 도와주어야 합니다. "짜잔! 우리 몸에 관련된 책을 읽고 마녀 팀, 백설공주 팀으로 나누어 퀴즈를 풀겠습니다. 준비하세요!"라고 하면 "나는 백설공주 팀!" 하면서 얼른 다가오기도 한답니다. 감정적으로 응원하고 싶은 인물을 위해 용기를 내어 나서는 것이죠.

사고형 아이

- 슬픈 이야기를 읽어 주어도, 감동적인 이야기를 읽어 주어도 아이가 그다지 감정의 변화를 보이지 않는다고 해서 감정을 느끼지 못하는 것은 아니다. 감정을 느끼는 방식이 다를 뿐이다. 사고형 아이들은 곧 호랑이에게 잡혀 먹힐 위기에 처한 할머니를 불쌍히 여기기에 앞서 어떻게 하면 할머니를 구할 수 있을까를 생각한다.

- 아직 어리지만 지적 욕구를 채우는 읽기를 선호한다. 그 욕구를 잘 해결하다 보면 어떤 분야의 꼬마 전문가가 될 수 있다.

- TV에 나오는 '전문가 되기' 놀이를 해 보자. 영상으로 찍어 두면 꽤 괜찮은 자료가 된다. 더 잘하고 싶은 마음에 열심히 하다 보면 발표 능력이 쑥쑥 자란다. 내향형 아이라면 처음에는 아이가 눈치채지 못하게 찍은 후에 보여 주어라. 스스로 흐뭇한 마음을 갖고 또 하고 싶다는 의사를 내비친다.

- 아이가 지식 서적을 좋아하고 아는 것이 점점 많아지는 것이 대견하다고 해서 이야기책 읽기를 소홀히 하지는 말자. 이야기책을 많이 읽어야 다른 사람을 이해할 수 있고, 어떤 일이 있을 때 상황 맥락을 이해하는 능력이 생긴다. 잘못하면 똑똑하기는 하지만 눈치 없는 아이가 될 수도 있다.

- 아직 어린데 논리적인 대화가 가능할까 싶지만 얼마든지 가능하다. 사고형 아이들은 자신의 주장을 합리화하는 말하기에 익숙하다. 어느 여섯 살 사고형 아이는 "흥부가 그냥 쌀을 달라고 해서 그래서 안 준 거예요. 놀부 안마해 주고 달라고 그래야 돼요."라고 했다. 단순히 쌀을 안 준 놀부가 나빴다고 말하는 아이와 어떻게 다른지 알 수 있다.

감정형 아이

- 함께 읽는 사람이 좋으면 어떤 책도 재미있다고 한다. 그러니 아이가 책을 좋아하게 만들고 싶다면 아이로 하여금 자신에게 책을 읽어 주는 엄마가 '나를 정말 사랑하는 사람'이라는 것을 느끼게 해 주자.

- 질문의 대답이 잘못되었어도 일단 아이의 답을 인정해 준 후에 올바른 답을 알려 주자. '그게 아니고'로 시작하면 아이의 마음과 입이 닫힐 수 있다. 아이의 답을 인정하고 아이가 답을 찾을 수 있게 유도하라.

- 책 속 인물이 자기인 것처럼 감정 이입을 잘하기 때문에 책을 읽다가 눈물을 흘리기도 한다. 이럴 때 모른 척하는 것도 좋다. 내향적인 감정형 아이라면 자신의 은밀한 감정을 들켰다고 생각할 수도 있다. 가만 두면 감정을 나누는 것을 좋아하는 아이가 먼저 말해 줄 것이니 그때 감정을 공유하자.
- 남자는 지식 도서를 선호하고, 여자는 이야기책을 선호한다고 생각하는 사람도 있다. 그러나 성별보다는 성향 차이에서 선호 도서가 갈리는 경우가 많다. 감정형 아이들은 등장인물과 소통 가능한 이야기책을 선호한다. 이런 경향은 학년이 높아지면서 더욱 심해지는데 안 그래도 지식 책은 좋아하지 않는데 갈수록 내용이 어려워지기 때문이다. 따라서 감정형 아이에게는 지식을 얻을 수 있으면서 쉽게 만들어진 좋은 그림책 읽을 기회를 자꾸 만들어 주어야 한다.
- 책을 읽은 후에 아이에게 "네 생각은 어때?"라고 질문하면 즉시 모른다는 답이 튀어나온다. 반면에 구체적으로 등장인물 입장에서 "개구리는 어떤 마음이 들까?"라고 물어 주면 "속상할 것 같아."라던가 "신나서 뛰어다닐 것 같아."라는 식으로 자신이 느낀 바를 잘 말한다. 그러니 생각보다 마음을 먼저 물어 주자.

③ 사고형 엄마인가, 감정형 엄마인가에 따라 독서 코칭 때 조심할 점이 다르다

사고형 엄마는 지적 욕구가 강하고 논리적인 사고를 합니다. 문제가 생기면 그것에 연연하기보다 문제의 원인과 해결 방법을 찾으려 합니다. 다큐멘터리나 시사 프로그램을 즐겨 보고, 배울 만한 것을 찾아 독서하는 것을 선호합니다. 사고형 엄마들은 아이를 위한 책을 고를 때에도 지식을 주는 책을 고르는 편입니다. 책을 골라 보니 지식 책이 너무 많다면 지식 책은 한두 권 빼고 대신 이야기책을 넣어 주세요. 지금 아이에게는 골고루 읽는 것이 더 중요하니까요.

사고형 엄마는 아이와 책을 읽은 후에 논리적인 대화를 나누고 싶

어 합니다. 아이가 어리더라도 나름대로 논리적인 사고를 할 수 있다고 생각하고, 아이의 생각도 존중해 주지요. 그리고 아이에게 왜 그렇게 생각하는지 타당한 이유를 말하라고 합니다. 아이가 조금 터무니없는 말을 하더라도 이유가 타당하면 인정해 주는 편입니다. 그래서 사고형 아이와 책을 읽고 대화하면 제법 말이 통합니다. 그러다 의견 충돌이 생길 때가 있는데, 상대가 아이라 해서 그냥 물러서 주지는 않습니다. 그것이 옳다고 생각하니까요.

그러나 감정형 아이에게는 사고형 엄마가 버겁습니다. 감정형 아이는 아직 책의 감동에 젖어 있고 싶은데 사고형 엄마는 책을 분석하고, 등장인물들의 행동에 대해 문제점을 발견해 보라고 하니까요. 또 어떤 것을 하고 싶다고 하면 꼭 이유를 대라고 합니다. 그런 엄마에게 감정형 아이는 '그냥'이라는 말 외에는 할 수가 없습니다. 그러나 그냥이라는 말만 앞세워 자기 말을 들어 달라는 감정형 아이를 사고형 엄마는 '자기 할 말도 제대로 못하는 아이'라고 여겨 답답하게 생각합니다. 감정형 아이의 '그냥'이, 풀이하면 '내 마음이 그렇게 하고 싶어요. 그렇게 하면 참 좋을 것 같아요. 그런데 자꾸 이유를 말하라고 하니까 곤란해요.'임을 안다면 답답해할 이유가 없겠죠.

감정형 엄마는 책을 읽고 얻은 느낌과 감동을 나누고 싶어 합니다. 그런 점에서 감정형 아이와는 잘 통합니다. 하지만 사고형 아이는 같은 책을 읽었어도 별 감동이 없다고 합니다. 감정형 엄마는 '아니, 이

슬프고 아름다운 이야기를 읽고 어떻게 감동이 없을 수가 있지?'라거나 '아이의 정서가 너무 메마른 것 아닌가?'라고 생각할 수 있습니다.

하지만 그것은 사고형 아이의 정서가 메말라서가 아니라 이야기를 받아들이는 방식이 엄마와 다른 것일 뿐입니다. 같은 책을 읽고 감정형 아이는 슬프고 아름답다고 한 반면 사고형 아이가 등장인물의 행동에 대해 평가한다고 해서 정서가 메말랐다고 할 수는 없습니다. 사고형 엄마가 다큐나 시사 프로그램을 좋아하는 반면에 감정형 엄마는 감정을 자극하는 드라마를 좋아합니다. 좋아하는 책도 지식 위주의 책보다는 이야기책입니다. 감정형 엄마가 아이의 책을 고를 때는 자신의 취향이 지나치게 반영되지 않게 이야기책과 지식을 담은 책을 골고루 섞어 고르도록 신경 써야 합니다.

(4) 판단형과 인식형

① 나와 내 아이의 성격 유형은

나의 성격 유형은	
판단형	인식형
• 깨끗하게 정돈된 것을 좋아한다. • 계획을 세워 일한다. 그래서 계획에 없던 일이 생기면 당황한다. • 목표가 뚜렷하고 자신의 의견을 분명히 표현하는 편이다. • 하던 일을 마무리해야 새로 시작할 수 있다. • 기한에 쫓기며 일하는 것을 싫어한다.	• 방이 어수선하게 흐트러져 있어도 개의치 않는다. • 목적이나 방향이 바뀌더라도 잘 대처한다. • 자기 것을 덜 주장하는 편이다. • 동시에 여러 가지 일을 할 수 있다. • 어떤 일을 할 때 마지막 순간에 한꺼번에 몰아서 처리하는 경향이 있다.

<table>
<tr><td colspan="2" align="center">내 아이의 성격 유형은</td></tr>
<tr><td align="center">판단형</td><td align="center">인식형</td></tr>
<tr><td>

- 정리 정돈을 좋아한다.
- 책임감이 강하다. 심부름을 시키면 끝까지 잘 해낸다.
- 자기 물건을 잘 챙기며, 주위 사람까지 챙기는 편이다.
- 유치원 준비물이 있으면 미리 챙겨 놓는다.
- 할 일을 알려 주고 기한을 정해 주면 편안해한다.

</td><td>

- 정리하라고 하면 막막해한다.
- 심부름을 하다가 재미있는 일이 생기면 원래 목적을 잊어버린다.
- 물건을 잘 잃어버리고 잃어버린 줄도 모르고 있다.
- 밝고 명랑하며 적응을 잘한다.
- 준비물을 잊었거나 숙제를 못했어도 크게 걱정하지 않는다.

</td></tr>
</table>

② 판단형 아이와 인식형 아이는 이렇게 책을 읽는다

판단형 아이는 목표를 세워 놓으면 더 열심히 읽습니다. 집에 책 나무를 만들어 한 권 읽을 때마다 책 열매 달아 주기를 하면 책 나무를 빽빽하게 채우기 위해서라도 치열할 정도로 열심히 읽지요. 판단형 아이들을 자극하는 방법은 뚜렷한 목표를 제시하는 것입니다. 일주일에 몇 권 읽기, 이야기 책 몇 권, 지식 책 몇 권 섞어 읽기와 같이 어떤 규칙을 정하면 한쪽으로 치우친 책 읽기를 하는 아이라도 그것을 지키려고 애씁니다.

아직 어리지만 책 내용을 범주화하거나 눈에 보이게 구조화해서 정리하는 것을 좋아합니다. 종이를 오려 호랑이, 사자, 개구리, 나비, 사과, 장미꽃, 해바라기 등의 카드를 만들어 동물, 식물, 그리고 그 밑에 육식동물, 초식동물, 곤충 등으로 분류하기와 같은 활동을 무척 재미있어하는 것은 물론이고 일곱 살 정도면 이런 낱말의 포함 관계를 구조도로 그리는 것에 흥미를 보입니다. 좀 더 커서 복잡한 글을 읽으면 틀을 잡고 구조화시켜 내용을 이해하는 전략을 사용할 줄 압니다.

또 판단형 아이들은 나름대로 규모 있게 시간을 사용하는 편이기 때문에 책 읽는 시간을 정해 놓고 가능하면 그 시간을 지키는 것이 좋습니다. 금요일과 토요일 밤에는 아빠가 책 읽어 주기, 아침에 유치원 가기 전에 한 권 읽기처럼 말이지요. '유치원에 갈 준비를 하기에도 바쁜 아침에 책을?'이라고 의아해할 수도 있지만 걱정하지 않아도 괜찮습니다. 판단형 아이들은 8시 30분에 유치원 차를 타야 한다면 책 읽을 시간을 고려하여 알아서 일찌감치 준비를 마칩니다. 금요일과 토요일에는 아빠가 책을 읽어 주기로 했다면 반드시 약속을 지켜야 합니다. 아빠가 읽어 주기로 약속한 날은 엄마가 읽어 준다고 해도 아빠를 고집할 뿐만 아니라 '아빠는 약속을 안 지키는 사람'으로 기억할 수 있답니다.

인식형 아이에게 "지금은 책 읽을 시간이야.", "오늘은 이 책을 읽자." 등의 말로 책을 읽게 하기는 어렵습니다. 오히려 '책 때문에 내가 구속되는구나.' 하는 생각을 하게 할 뿐이죠. 인식형 아이가 책에 관심 갖게 하려면 아이가 좋아하는 것과 연관된 책을 아이의 눈에 잘 띄도록 곳곳에 늘어놓는 게 좋습니다. 인식형 아이들은 순간적으로 마음이 동하면 책을 손에 쥐고 읽습니다.

자유로운 영혼의 소유자인 인식형 아이들은 수시로 관심사가 변하고 몸을 움직이는 것을 즐깁니다. 그래서 책과 함께 즐거운 활동을 할 수 있는 도서를 골라 놀이와 연결하면 '책을 읽으면 즐거운 일이 있구나.' 하는 생각에 자연스럽게 책을 가까이합니다. 팝업북이나 소리 나는 책은 인식형 아이만이 아니라 거의 모든 아이들이 관심을 갖고 좋아하지만 특히 인식형 아이들은 그런 종류의 책들 처럼 작은 요소라도 그들의 흥미를 끌만한 것이 있어야 관심을 갖기 시작합니다.

그래서 인식형 아이들은 엄마가 직접 책을 골라 주는 것보다 책을 장난감 삼아 가지고 놀다가 아이가 관심 갖는 책을 함께 읽는 방식으로 접근하는 것이 좋습니다. 같은 책이라도 누가 골라 주는 것보다 자기가 직접 고른 책을 재미있다고 여기기 때문입니다. 이런 아이들에게 책장에 있는 책은 관심 밖입니다. 책으로 집을 짓고, 책으로 탑을 쌓으며 장난감처럼 놀다가 '이것은 뭐지?' 하고 호기심이 생겨 펼쳐 볼 때에야 비로소 책이 된다는 걸 이해해 주세요.

내 아이를 위한 독서 코칭 Tip

판단형 아이

- 무엇을 하더라도 목표한 바를 이룬다. 책 읽기 역시 매일 일정한 양의 목표와 읽는 시간을 정해 두면 엄마가 바빠서 책 읽어 주는 것을 깜빡했더라도 알아서 챙길 것이다.
- 별 관심 없고, 재미없어하는 책이라도 왜 읽어야 하는지 이유를 잘 설명하면 꼭 참고 읽어 낸다. 다만 아이가 힘들어하고 있는지 잘 관찰해야 한다. 책 읽기가 참고 해야 하는 일이 되면 나중에 스스로 읽을 시기에 책을 멀리할 가능성이 높다.
- 책을 순서대로 키를 맞추거나 번호를 맞춰 정리하는 것을 좋아한다. 자기가 맞춰 놓은 순서를 누군가 흐트리면 짜증 내며 울기도 한다. 그러니 아이가 정리해 놓은 책은 그대로 유지해 주는 편이 좋다.

- 오늘 읽기로 한 책이 다른 사람을 빌려주어서 없다거나, 읽기로 한 시간에 사정이 생겨 읽어 줄 수 없다면 반드시 미리 이야기해 주어야 한다. 판단형 아이는 생각한 대로 일이 돌아가지 않으면 크게 스트레스받는다.

인식형 아이

- 인식형 아이들에게 독서는 즐거운 놀이여야 한다. 함께 인형을 만들어 동화 구연하는 것도 좋다. 인물의 특성이 잘 나타나게 아이와 의논해 가며 만드는 과정 자체를 즐기자. 아이는 자기가 만든 인형에 애착을 갖기 때문에 책 읽기까지 좋아한다.
- 책 나무에 열매 달기는 잠깐 아이의 의욕을 돋게 할 수는 있지만 꾸준한 성취 동기가 되지는 못한다. 그러니 책 나무 열매는 몇 개만 달면 채워지도록 하자. 끈기 있게 채워 나가는 일에는 금방 흥미를 잃을 수도 있다.
- 엄마에게 재미있는 책이 아이들에게도 재미있는 책은 아니다. 특히 인식형 아이는 엄마가 재미있다고 여겨 읽으라고 권하는 책을 형식적으로 보고 재미있다고는 하지만 실은 썩 좋아하지 않는다. 차라리 현재 아이가 흠뻑 빠진 놀이가 있다면 그것과 관련된 도서를 아이 눈에 띄게 하자. 알아서 읽을 것이다.
- 정해진 '책 읽는 시간'은 없다. 대신 원하면 매일, 하루에 몇 시간이고 책 놀이 시간이 되기도 한다. 강요하지 말고 가족들이 모여서 재미있게 책을 읽자. 인식형인 동시에 감정형 아이라면 관계가 중요하기 때문에 자기도 가족 독서에 끼고 싶어 한다.
- 할 것을 먼저 하고 그다음에 놀았으면 하는 게 모든 엄마의 마음이다. 그러나 인식형 아이들은 신나는 욕구를 먼저 채워야 차분히 앉아 읽기가 가능하다는 것을 이해하자.

③ 판단형 엄마인가, 인식형 엄마인가에 따라 독서 코칭 때 조심할 점이 다르다

판단형 엄마는 계획적으로 생활합니다. 아이를 위한 독서 계획도 철저하게 세워 놓았을 것입니다. 내 아이의 연령에 맞게, 성향에 맞게, 필요에 따라 어떻게 어떤 책을 읽힐 것인지 구체적으로 계획을

짜고, 반드시 지키려고 노력합니다. 아이가 책 읽는 공간은 늘 깨끗하게 정돈해 두었고, 책장의 책도 나란히 꽂혀 있습니다. 그래야 책 읽을 맛이 납니다.

판단형 아이라면 이런 엄마를 본받아 읽은 책은 꼭 제자리에 꽂아 놓을 것입니다. 한 번에 여러 권을 가져다 읽더라도 차곡차곡 쌓아 놓고 읽지요. 그렇게 하면 자기도 편하기 때문에 판단형 아이에게는 어려운 일이 아닙니다. 반대로 인식형 아이는 책을 읽었으면 제자리에 꽂아 두라고 매번 잔소리하는 판단형 엄마가 귀찮습니다. 이따가 또 읽을 책인데 왜 책꽂이에 꽂아야 하는지 납득하기 어렵죠. 여기저기 책이 흩어져 있는 곳에서 읽으면 더 재미있을 것 같은데 엄마는 그렇게 못하게 해서 불만이기도 하죠.

인식형 아이를 둔 판단형 엄마라면 한쪽 눈을 질끈 감을 필요가 있습니다. 인식형 아이에게 정리 정돈하는 법을 가르칠 필요는 있지만 어느 정도 흩어진 것은 그냥 넘어가 주면 좋겠습니다. 인식형 아이가 판단형 엄마의 기준에 맞추려면 너무 많은 에너지를 정리에만 쏟아야 합니다. 그러면 힘에 부쳐 아예 책에서 손 놓을 수도 있습니다. 아이 수준에서 애썼다 싶으면 수고했다고 격려해 주세요.

판단형 엄마는 인식형 아이의 책 읽는 방식도 마음에 들지 않습니다. 엄마가 정해 놓은 책 읽기 순서가 있는데 아랑곳하지 않기 때문이죠. 자기가 흥미 있는 책은 열 번도 더 보는데, 그렇지 않은 책은 아예 쳐다보지도 않습니다. "이 책을 다 읽어야 네가 원하는 책을 사 줄 거야."라고 해도 별 효과가 없습니다. 판단형 엄마가 중요하게 여기는 계획과 실천이 인식형 아이에게는 그다지 중요하지 않으니까요. 엄마가 판단하기에 반드시 읽어야 하는 책이라면 "꼭 필요한 책이니까 읽어라." 하며 강요하지 말고 화장실처럼 아이가 심심할 만한 장소에 책을 놓아두세요. 인식형 아이는 수시로 관심사가 바뀌는데다 심심한 것을 참기 힘들어합니다. 마침 지루한 곳에 볼 만한 책이 있으면 자연스레 손이 갈 것입니다. 그러고 나서 "엄마, 알고 봤더니 이 책이 재미있는 책이었어."라며 달려올 것입니다.

인식형 엄마는 판단형 엄마에 비해 아이들에게 많은 자유를 허용합니다. 판단형 엄마가 인식형 엄마의 집에 와서 책장을 본다면 깜짝 놀랄 테죠. 여기저기 책이 뒹굴고 있고, 책꽂이에 꽂힌 책들도 질서 없이 꽂혀 있을 게 뻔하거든요. 격의 없이 친한 사이라면 두 팔 걷고 당장 책장 정리를 해 주겠다고 나설지도 모릅니다. 그러나 인식형 엄마는 책이 여기저기 늘어져 있는 것이 하나도 불편하지 않습니다. 손이 닿는 곳에 책이 있어야 한다고 여기니까요.

하지만 이런 분위기는 판단형 아이나 인식형 아이 모두에게 불편함을 주지 않습니다. 판단형 아이가 정리된 것을 좋아하기는 하지만 모두의 공간이니 그러려니 생각할 것입니다. 그래도 지금 읽으려고 하는 책을 곧장 찾을 수 없으면 짜증스러운 반응을 보일 수 있지요. 판단형 아이라면 자기가 보는 책이거나 볼 예정인 책은 아예 자기 공간에 따로 정리해 놓을 것입니다. 나름대로 방법을 찾는 것이지요.

인식형 엄마는 판단형 아이가 원하는 책을 도서관에서 빌려다 주기로 한 약속을 자주 잊어버립니다. 그러면 그날은 판단형 아이에게 시달리지요. 아이는 오늘 그 책을 꼭 읽어야 다른 것을 할 수 있는데, 엄마가 약속을 지키지 않았으니까 엄마 때문에 하루 계획이 엉망이 되었다고 생각합니다. 판단형 아이에게 "그럴 수도 있지. 다른 책 먼저 보면 큰일이라도 나니?" 하며 핀잔 둘 것이 아니라 엄마의 실수를 인정하고 앞으로는 꼭 약속을 지켜야 합니다.

소중한 내 아이는 지금 자기의 성향을 내재화하는 단계에 있습니다. 따라서 엄마는 내 아이가 가지고 있는 성향을 잘 파악하고 나와 달라도 배려해 주어야 합니다. 그래야 아이는 자기가 가진 성향의 장점을 잘 발휘할 수 있고, 또 성인이 되었을 때 필요에 따라 반대 성향도 자유롭게 발휘할 수 있는 성숙한 사람이 될 수 있습니다.

2장

연령에 따른
독서 코칭

유아기 아이들은 이제 막 책 읽기에 입문했습니다. 따라서 아이가 얼마나 책에 흥미 있는지를 잘 모르고 엄마가 무작정 책 읽기를 시도하면 흥미는커녕 자칫 책과 멀어질 수도 있습니다. 유아기 아이를 둔 엄마는 내 아이가 능동적이고 주도적인 책 읽기를 할 수 있도록 객관적으로 인지하고 이끌어 주어야 합니다.

QR코드로 김명미 저자의 강의를 확인하세요.

내 아이의
독서 흥미도를
알아보자

유아의 독서 흥미는 아이가 평생 독자로서 능동적·주도적 책 읽기를 하는 데 가장 중요한 요소입니다. 책 읽기에 긍정적인 인상을 가진 아이는 그렇지 않은 아이에 비해 높은 이해 능력을 갖기 때문이지요. 독서 흥미도는 지속적으로 책에 관심을 갖게 하는 동기 유발 요소이기 때문에 아이가 독서에 어느 정도 흥미를 가지고 있는지를 객관적으로 파악할 필요가 있습니다.

한 가지 기억할 것은 아이의 독서 흥미도를 알고자 하는 것은 아이가 책에 흥미가 있는지 없는지를 단정하기 위함이 아니라 아이의 독서에 대한 흥미를 높여 주기 위하여 엄마가 어떤 도움을 줄 수 있을지를 생각하기 위함이라는 것입니다.

1) 유아기 아이의 독서 흥미도 점검표

– 문항을 읽고 해당하는 곳에 ○로 표시해 봅니다.

	매우 그렇다	그렇지 않다	매우 그렇지 않다
1. 우리 집에는 내가 좋아하는 책이 몇 권이나 있나요?	4권 이상	1~3권	없다
2. 도서관에 가서 책을 빌려 오는 것을 좋아하나요?			
3. 선물로 책을 받으면 기분이 어떤가요?			
4. 1주일에 엄마에게 얼마나 자주 책을 읽어 달라고 하나요?			
5. 책을 읽고 다른 사람에게 이야기해 주는 것을 좋아하나요?			
6. 책을 읽다가 궁금한 것이 나오면 질문을 하나요?			
7. 책을 읽고 나서 재미있는 장면을 말할 수 있나요?			
8. 책을 읽고 나서 자신의 생각을 말하는 것을 좋아하나요?			
9. 책을 읽은 다음 질문에 대답하는 것을 좋아하나요?			
10. 책을 읽은 후에 관련 활동을 하는 것을 좋아하나요? (그림 그리기, 막대 인형 놀이, 만들기, 쪽지에 하고 싶은 말 쓰기)			

2) 항목 들여다보기

(1) 우리 집에는 내가 좋아하는 책이 몇 권이나 있나요?

집에 있는 책들 중에 좋아하는 책이 몇 권이냐고 묻는 것은 아이가 애지중지하며 여러 번 보는 책이 있는지를 묻는 것입니다. 적어도

"『팥죽 할머니와 호랑이』!" 하며 한 권 정도는 말할 수 있겠지요. 좋아하는 책이 있다는 것은 '책은 재미있는 것'이라는 인식이 자리 잡혔음을 의미합니다. 그리고 아이가 좋아하는 책은 다른 책을 읽는 데에도 훌륭한 동기 유발 요소로 작용합니다.

엄마와 함께 도서관에 가 본 경험이 있느냐를 묻고 있습니다. 엄마는 아이가 책에 대한 흥미를 가질 수 있는 환경을 마련해 주었는지를 자문해 보도록 합니다. 그다음에, 도서관에 가면 아이가 자신이 읽고 싶은 책을 고르는지, 빌린 책은 집에 와서 잘 보는지, 또 도서관에 얼른 다시 가서 다른 책을 빌려 오자고 말하는지를 체크하세요. 함께 가지 못했더라도 엄마가 도서관에서 책을 빌려 왔을 때 어느 정도 반기는지를 보면 됩니다.

아이가 엄마가 빌려 온 책을 썩 반기는 기색이 아니라면 한 권씩 선물처럼 보여 주며 함께 읽는 것부터 시작하세요. 아직 책 읽기가 익숙하지 않은 아이에게 여러 권의 책을 한꺼번에 쏟아 놓으며 "엄마가 책을 이렇게 많이 빌려 왔어. 재미있겠지?" 말하는 것은 부담일 수 있습니다.

누구나 선물을 좋아합니다. 그래서 책을 선물로 받으면 일단 '선물'이니까 당장은 좋아하지요. 그러나 여기서 묻고 있는 것은 다른 선물이 아니고 책을 선물로 주었을 때 아이가 진심으로 좋아하는가입니다. 예를 들면 친구가 생일에 책을 선물로 주었을 때라거나 이모가 선물로 책을 주었을 때 아이가 어떤 반응을 보였는지를 떠올리면 됩니다. 선물로 받은 책을 그 자리에서 읽어 달라고 하는지, 받을 때는 좋아하다가 곧 별 관심을 갖지 않는지, 아니면 처음부터 시큰둥한지를 보면 알 수 있습니다.

(4) 1주일에 엄마에게 얼마나 자주 책을 읽어 달라고 하나요?

아기가 잔뜩 졸린 눈으로 포대기를 끌고 와 엄마에게 업어 달라고 하는 것처럼, 잠이 올 때나 심심할 때 책을 들고 엄마에게 와서 책을 읽어 달라고 하나요? 엄마가 "책 읽어 줄게."라고 할 때가 아니라 자기가 먼저 엄마에게 읽어 달라고 책을 들고 오는지요. 아이가 먼저 책을 읽어 달라고 말한다는 것은 책과 아이가 좋은 친구가 되었다는 뜻이니까요.

(5) 책을 읽고 다른 사람에게 이야기해 주는 것을 좋아하나요?

엄마나 동생, 누구에게건 자기가 읽은 책의 내용을 이야기해 주는 것을 좋아하나요? 엄마가 "『아기 돼지 삼 형제』 이야기 좀 해 줄래?"라고 하면 서툴면 서툰 대로 이야기를 곧잘 하나요? 책을 읽고 다른 사람에게 이야기해 준다는 것은 책의 내용을 이해하고, 또 기억하고 있다는 뜻이지요. 처음부터 끝까지 전부 말하지 않아도 괜찮습니다. 군데군데 이야기를 꺼내 가며 말하는지 보세요. 그리고 아이가 자신이 읽은 책을 엄마에게 이야기할 때 엄마가 긍정적인 반응을 보이는 것은 아이의 독서에 대한 흥미를 지속하게 만드는 훌륭한 도우미입니다.

(6) 책을 읽다가 궁금한 것이 나오면 질문을 하나요?

아이의 독서 흥미도를 파악할 때 아이가 질문을 하는지 반드시 확인해야 합니다. 책을 읽으면서 질문을 하기 위해서는 적어도 엄마가 책을 읽어 줄 때 집중하고 있어야 할 테니까요. 아이가 집중하고 있었다는 것은 책 읽기가 재미있다는 의미지요. 그러니 가끔 아이의 질문이 생뚱맞더라도 "그런 건 물어보지 마."라거나 "다 읽은 다음에 말해 줄게."라고는 말아 주세요.

(7) 책을 읽고 나서 재미있는 장면을 말할 수 있나요?

엄마가 아이에게 책을 읽어 주고 나서 "재미있었어?"라고 물었을 때, 아이가 "응. 재미있어."라고 말하는 것은 신빙성이 조금 떨어집니다. 자동 반응과 같은 답일 때가 있기 때문이지요. 그러나 어떤 장면이 재미있었다고 말할 정도면 정말 재미있었다는 뜻입니다. 『토끼와 호랑이』를 읽고 난 다음에 "호랑이가 뜨거운 돌멩이 떡을 먹고 '앗, 뜨거워!' 하는 게 웃겼어."라고 하면 최고입니다.

(8) 책을 읽고 나서 자신의 생각을 말하는 것을 좋아하나요?

『토끼와 호랑이』를 읽고 나서 "호랑이는 바보야. 돌멩이인데 먹었잖아.”, “토끼는 개구쟁이야. 호랑이를 놀렸으니까.” 정도의 자기 생각을 말할 수 있나요? 자기의 생각을 거리낌 없이 말하게 하려면 우선적으로 엄마의 포용적인 태도가 중요합니다. 아이의 말에 활짝 웃으면서 “그래, 그렇게 생각했구나. 참 재미있는 생각이네.”와 같은 반응을 보여 주세요. 아이는 자기의 생각에 엄마가 살을 붙이려 하면 내가 부족하거나 잘못됐나 하고 주눅 들어 나중에는 입을 열지 않습니다. ‘책 읽기’→‘생각 말하기’→‘폭발적인 반응’→또 ‘책 읽기’의 순환 순서를 기억하세요.

(9) 책을 읽은 다음 질문에 대답하는 것을 좋아하나요?

엄마들은 책을 읽은 후에 책에 대해 질문하는 것을 아이들이 싫어한다고 착각하고 있습니다. 아이가 충분히 대답할 수 있을 만한 질문을 하면 아이가 대답하는 것을 안 좋아할 리가 없습니다. 자기가 잘 알고 있다는 것을 엄마에게 과시할 수 있는 절호의 기회인데 왜 싫어하겠어요? 설사 틀린 답을 하면 어떻습니까? 오히려 아이가 어느 부분을 제대로 이해하지 못하고 있는지 알 수 있으니 더 좋지요. 대신 아이가 잘못 알고 있다는 것을 강조하지 말고 슬그머니 “그래? 엄마도 그런 것 같은데 잘 모르겠다. 우리 같이 찾아볼까?”라거나 “아! 이거였구나. 엄마도 같은 생각이었는데.” 하며 아이를 주눅 들지 않게 하면서도 잘못된 부분을 바로잡아 주세요.

아이가 독후 활동을 좋아하는지 묻는 것입니다. 예로 든 그림 그리기, 막대 인형 놀이, 만들기, 쪽지에 하고 싶은 말 쓰기 외에도 구름빵 만들기, 도깨비 빨래하기 등, 책을 읽은 후에 아이가 좋아하는 활동을 할 수 있도록 환경을 조성해 줄 필요가 있습니다. 엄마가 덜 귀찮으면서도 학습에까지 도움될 만한 독후 활동인 생각적기 같은 것만 하자고 하면 아이는 '책을 읽으면 엄마는 나에게 뭘 또 쓰라고 하겠지.' 하며 아예 책을 안 읽겠다고 할 수도 있습니다.

연령에 따라
독서력
발달 정도가 다르다

유아기는 평생 중 언어 능력이 가장 빠른 속도로 발달하는 시기라 이 시기에 좋은 책을 읽는 것은 언어 능력을 발달시키기 위한 훌륭한 방법입니다. 젖을 뗀 아기에게 일반식을 먹이기에 앞서 이유식을 먹이는 시기를 '이유기(離乳期)'라고 합니다. 마찬가지로 막 4세에 접어들어 책을 읽기 시작하는 때부터 독립적으로 책을 읽기 전까지를 '독서 이유기'라고 칭할 수 있습니다. 몸에 좋은 재료를 골라 정성을 다해 이유식을 만들어 먹였던 것처럼 엄마들은 내 아이가 독서 이유기를 잘 넘길 수 있도록 여러 모로 애씁니다. 그 시작은 아이의 독서력 발달 정도를 파악하고, 아이에게 맞는 독서 코칭을 하는 것입니다.

* 연령에 따른 독서력 발달 정도는 개인차가 매우 큰 유아기의 특성상 각 연령의 전후 연령을 아우른

1) 4세의 독서력 발달 정도

- 그림책에 나오는 사물의 이름을 알아보고 말하기를 좋아한다.

- 그림책에 나오는 동물이나 사물이 모두 살아 있다고 생각한다.

- 마음에 드는 책을 반복해서 읽어 달라고 한다.

- 엄마의 다양한 말소리를 듣고 감정을 느낀다.

- 운율이 있고 반복되는 이야기를 좋아한다.

- 그림책을 보고 읽는 흉내를 낸다.

(1) 그림책에 나오는 사물의 이름을 알아보고 말하기를 좋아한다

인지 심리학자 피아제(Piaget)는 이 시기를 전개념기(前槪念期)라고 했습니다. 아직 사물에 대한 개념이 형성되지 않은 단계라는 뜻입니다. 그래서 아이는 자신이 "이게 뭐야?"라는 질문을 되풀이해 얻은 지식과 일상에서 자주 접하는 것들을 조합해서 나름의 개념을 형성해 갑니다. 이와 관련하여 그림책은 이 시기 유아들에게 훌륭한 학습 교재입니다. 그림책을 읽어 주면 "엄마, 나비.", "엄마, 당근.", "이게 뭐야?" 등을 반복하며 자기가 알고 있는 것을 확인하고 인정받으려 합니다. 반면에 낯선 것은 무엇인지 알고 싶어 하지요.

이럴 때 엄마는 아이가 이야기 내용보다 눈에 띄는 그림에 관심을 보이는 것은 아닌지, 아이에 맞추어 반응해 주다 이야기의 맥이 끊기는 것은 아닌지 조바심 날 수 있습니다. 하지만 이 시기의 발달 단계를 이해한다면 그런 염려는 안 해도 됩니다. 오히려 이런 반응이 없다면 그것을 걱정해야 합니다. 엄마가 보지 못하고 넘어간 작은 부분을 아이가 발견하고 반응을 보인다면 '내 아이가 그림책을 제대로 보고 있구나.' 하고 기뻐해도 좋습니다.

그리고 경험으로 이미 알고 있겠지만 "이건 무엇이야?", "저것은 무엇이야?"라고 자꾸 물을 때에는 산만한 느낌이 들 수 있지만 아이들은 엄마가 읽어 준 책의 내용을 신기하게도 잘 기억한답니다.

(2) 그림책에 나오는 동물이나 사물이 모두 살아 있다고 생각한다

이 무렵 아이들은 물활론(物活論, animism)적 사고를 합니다. 사물에게도 생명이 있다고 생각하죠. 이 때문에 장난감이나 동물이 의인화된 그림책을 아무 의심 없이 받아들이고 좋아합니다. 곰, 쥐, 토끼가 주인공의 친구로 등장하거나 아예 중심인물로 등장하는 그림책이 많은 까닭도 이와 같은 이유입니다.

등장인물과 자기 자신을 동일시하는 아이들은 처음에는 잔뜩 받은 뽀뽀를 친구들에게 나누어 주기 싫었지만 차츰 나누어 주는 즐거움을 알아 가면서 많은 친구를 사귀는 『뽀뽀를 줄게』의 꿀꿀 돼지, 또 『구리와 구라의 빵 만들기』에 나오는 맛있는 빵을 잔뜩 만들어 동물 친구들과 나누어 먹는 쥐돌이, 그리고 『아빠, 사랑해요!』의 아빠가 자기를 사랑하는 것보다 더 많이 아빠를 사랑하는 곰이 꼭 자기 같아서 좋아합니다.

4세는 독서 교육에서 '반복 읽기'의 단계입니다. 아이는 어떤 책이 마음에 들면 몇 번이고 반복해서 보고 싶어 합니다. '어제도 몇 번이나 읽어 주었고, 그저께도 여러 번 읽어 주었는데, 오늘도 책을 보자고 했더니 또 그 책을 들고 왔네.' 아마 이 또래 아이를 키워 본 엄마라면 대부분 비슷한 경험을 했을 것입니다. 엄마 입장에서는 읽어 주고 싶은 좋은 책이 많은데 아이가 한 책만 고집하는 모습이 안타깝습니다. 그래서 아이에게 "그 책은 많이 봤으니까 이것 보자.", "이 책이 훨씬 재미있어.", "그럼, 딱 한 번만 더 읽고 다른 책도 보자." 등의 방법으로 꾀어 보지만 잘 통하지 않지요.

얼마나 많이 봤는지 벌써부터 내용도 다 외우고 있으면서 아이는 대체 왜 그러는 걸까요? 여러 번 봤으니 더 이상 보고 싶지 않을 거라는 생각은 어른들의 사고입니다. 아이들은 좋아하는 책을 다시 볼 때 자기가 이미 알고 있는 것을 확인하는 즐거움을 느낀답니다. 나무에 앉은 새들보다 나뭇가지에 달린 이파리보다 더 많이 아빠를 사랑한다는 장면을 본 후 '다음 페이지를 열면 아기 곰이 나풀나풀 날리는 눈송이보다 더 많이 아빠를 사랑한다고 하겠지.' 기대하고 있는데 역시 그 장면이 나오는 것을 보고 자기의 유능함을 확인합니다. 어찌 즐겁지 않을까요? 또 한 책을 반복적으로 보고 싶어 하는 것은 그 책의 분위기라던가, 엄마가 그 책을 처음 읽어 주었을 때의 좋았던 감정을 다시 느끼고 싶어서기도 합니다.

그러다 다른 좋은 책을 읽을 기회를 놓칠까 하는 걱정은 마세요.

만일 아이가 수십 번을 반복해서 읽고 싶을 만큼 좋아하는 책이 없다면 '왜 우리 아이는 좋아하는 책이 없을까?'를 고민할 수는 있겠죠. 반복하여 한 책을 읽어 달라고 하는 것은 지극히 정상적인 발달 단계를 밟고 있다는 뜻입니다. 혹시 "『아빠, 사랑해요!』는 친구 민영이 빌려주었는데." 또는 "어머나, 『아빠, 사랑해요!』가 어디로 갔을까?"라고 하며 다른 책으로 관심을 돌리기 위해 아이가 사랑하는 책을 몰래 감추어 두지는 않았겠죠? 그렇다면 얼른 꺼내 주세요. 읽어 주고 싶은 다른 책들은 아이가 사랑하는 책 옆에 두어 아이 눈에 잘 띄도록 해 주세요. 또 아이가 읽었으면 하는 책을 형제자매나 친구에게 읽어 주는 모습을 보여 주세요. 다른 사람이 정말 재미있다는 표정으로 읽는 것을 보면 관심을 보일 테니까요.

(4) 엄마의 다양한 말소리를 듣고 감정을 느낀다

유아에게 책을 읽어 줄 때는 글자 그대로 '밋밋하게'가 아니라 등장인물들의 특징과 감정이 잘 표현되게 읽어 주면 좋습니다. '구연' 즉, 목소리로 연기를 하는 것이죠. 등장인물이 동물일 경우는 그 동물이 가지고 있는 일반적인 이미지에 어울리게 읽어 줍니다. 사자나 호랑이처럼 몸집이 크고 무서운 동물들은 굵고 낮은 목소리로 천천히, 반대로 토끼나 생쥐처럼 약하고 행동이 잽싼 동물은 가늘고 높은 목소리로 빨리 읽어 주지요.

대부분의 아이는 4세 무렵이면 그림책을 읽어 주는 목소리를 듣고서 등장인물의 감정을 이해할 수 있습니다. 목소리를 듣고 자신이 그

동안 경험했던 것들을 떠올려 상상하고 나름대로 이해하는 것입니다. 그렇게 상상하며 읽으면 이야기는 더욱 즐겁고, 무섭고, 또 재미있습니다. 그리고 엄마가 읽어 주던 것을 기억하여 엄마와 함께 읽을 때 자기도 여러 가지 목소리를 흉내 냅니다.

* 동화 구연 방법은 3장 '효과적인 독서 코칭법'에서 보다 자세하게 다룹니다.

(5) 운율이 있고 반복되는 이야기를 좋아한다

뽀롱 뽀롱 뽀로로롱

……

뽀롱 뽀롱 뽀롱 뽀롱 뽀로로

뽀롱 뽀롱 뽀롱 뽀롱 뽀로로

〈뽀로로〉의 가사 일부입니다. 이제 막 말을 배우는 아기까지도 "뽀로로롱…." 하며 따라 부를 정도로 모든 아이의 사랑을 받는 동요입니다. 아이들이 이 노래를 이토록 좋아하고 쉽게 따라 하는 이유는 〈뽀로로〉라는 TV 프로그램을 좋아하는 까닭도 있겠지만 동요가 '반복'과 '운율'이라는, 아이들이 좋아하는 요소를 갖추고 있기 때문입니다. 〈뽀로로〉 노래를 좋아하는 것처럼 아이들은 같은 문장이 반복되고 소리 내어 읽었을 때 리듬감이 느껴지는 책을 좋아합니다. 따라 읽는 재미가 있기 때문이지요.

『누가 내 머리에 똥 쌌어?』를 읽어 주면 신이 나서 "누가 내 머리에 똥 쌌어!" 하고 크게 외치지요. 이처럼 운율이 있고 반복되는 책은 쉽게 내용을 외워 중얼거리고 다니기도 합니다. 이런 책이 좋은 또 하나의 이유는 낱말이나 문장을 반복해서 읽다 보면 통으로 글자를 익힐 수 있다는 점입니다. 운율이 있고 반복되는 이야기 그림책에는 『반짝 반짝 빛나는』, 『누가 내 머리에 똥 쌌어?』 『야, 우리 기차에서 내려!』, 『곰 사냥을 떠나자』 등이 있습니다.

(6) 그림책을 보고 읽는 흉내를 낸다

이제 고작 네 살인 아이가 책을 들고 앉아서 중얼중얼 책을 읽고 있습니다. 내용도 제법 그럴 듯합니다. 설마 하는 마음에 살짝 엿보면 책을 거꾸로 들고 있다거나 내용과 전혀 다른 그림이 있는 곳을 펼쳐 들고 있는데 본인은 진지합니다. 책을 읽고 있다는 자체가 참 예쁘고 또 아이가 제대로 읽는 것처럼 보이는 것 역시 귀여워 슬그머니 웃음이 나지요.

아이가 이런 모습을 보여 준다면 우선 '그동안 내가 우리 아이에게 책을 많이 읽어 주었구나. 그리고 내가 읽어 주는 책을 아이가 재미있어 했구나.' 스스로 칭찬해도 좋겠습니다. 이런 모습은 그냥 나오지 않습니다. 아이가 그림과 글자가 연관 관계에 있다는 것을 알고 있다는 의미며, 책을 좋아하고 책 읽는 좋은 습관이 잡힌 아이라는 표시입니다. 이럴 때는 아이 손에 굳이 책을 제대로 쥐어 준다거나 "우리 ○○이 책 읽어?" 하며 아는 척을 하는 것보다 눈으로 흐뭇하게 보는 것으로 충분합니다.

2) 5세의 독서력 발달 정도

(1) 자기 또래의 유아가 주인공으로 나오는 이야기를 좋아한다

4세 무렵의 아이들은 모든 사물에 생명이 있다고 생각합니다. 그래서 곰, 고양이, 토끼 등이 주요 등장인물인 그림책을 거부하지 않고 친밀하게 받아들입니다. 한 살 후인 5세 무렵은 어떨까요? 물론 여전히 동물들이 의인화된 이야기를 즐겨 읽습니다. 더불어 자기와 비슷한 또래의 유아가 주인공으로 나오거나 자기가 직접 겪은 일과 관련된 주제의 책을 좋아하지요. 그것은 아이들이 책 속 인물들과 자신을 동일시하여 책에 나오는 이야기를 마치 자기 일처럼 여겨서 이야기에 완전히 몰입되기 때문이지요.

이 무렵 아이들은 유치원에 가는데, 또래 집단이 모여 있는 곳에 가면 친구를 많이 사귈 수 있고 또 어울릴 수 있어 좋지만 가끔은 친구와 다투기도 합니다. 이런 감정이 고스란히 드러나는 책이 있습니다. 『친구랑 싸웠어!』입니다. 주인공은 유치원에서 친한 친구랑 싸웠는데 그만 지고 말았습니다. 정말 억울하고 분하기 짝이 없죠. 절대 용서할 수가 없습니다. 그래서 친구들이 만두를 먹으러 오라고 했지만 자신이 잔뜩 화가 났다는 것을 보여 주어야 하기 때문에 갈 수가 없었습니다. 그런데 친구들이 유치원에서 다 함께 만든 만두를 가지고 왔습니다. 그리고… 주인공의 마음이 조금 풀립니다. 하지만 다음에는 꼭 이기겠다고 다짐하지요. 어쩌면 친구와 다투고 화해하는 일은 아이들에게 일상일 수 있습니다. 어른들 입장에서는 그저 귀여운 다툼으로 보여 대수롭지 않게 여길 수도 있지만 당사자인 아이들에게는 가벼운 일이 아니지요. 이와 같을 때 자신의 마음을 대변하는 주제를 다룬 책은 심리적으로 위로와 만족감을 줍니다.

또 엄마 심부름으로 가까운 슈퍼마켓에 혼자 우유를 사러 가는 이야기를 담은 『이슬이의 첫 심부름』을 읽으면서 아이는 엄마 심부름으로 근처에 사는 할머니 댁에 떡을 가져다 드릴 때의 기억을 생생하게 떠올립니다. 엄마의 격려에 힘입어 "엄마, 혼자 갈 수 있어요." 하며 용기를 내서 집을 나서긴 했지만 계속 뒤를 돌아보고 이 길이 맞기는 한 것일까 불안하기도 합니다. 그렇게 두근두근 길을 찾아 드디어 할머니 댁에 도착했을 때는 엄마와 할머니의 칭찬도 기분이 좋지만 스스로가 느끼는 뿌듯함은 실로 대단할 것입니다. 아이는 자신의 경험과 비슷한 일을 겪는 주인공의 이야기를 읽으며 자신이 혼자 심부름했을 때가 떠올라 아슬아슬하고, 드디어 심부름을 해낸 주인공(자기 자신)이 마냥 기특합니다.

자기와 비슷한 또래의 아이가 자기가 경험한 것과 비슷한 일들을 겪는 이야기야말로 아이에게는 최고로 재미있는 책입니다. 태어날 동생 때문에 불안한 아이에게는 『동생이 태어날 거야』를, 막 동생을 본 아이에게는 『피터의 의자』나 『꼬마 개구리와 올챙이 동생들』이 딱입니다. 그리고 말썽을 부려 엄마에게 야단맞아 속상할 때는 『괴물들이 사는 나라』나 『안 돼, 데이빗!』 같은 책이 위로를 줍니다. 내가 아무리 말썽을 부려도 엄마는 결국 나를 사랑한다는 것을 알게 해 주는 책이거든요. 이처럼 또래 아이가 등장하는 책은 그 책을 읽는 아이의 친구이자 위로자입니다. 무엇보다 아이는 주인공이 '나'와 같아 친밀감을 느낀답니다.

(2) 자기가 좋아하는 책을 자주 본다

초등학교 3학년인 영진이는 매주 만날 때마다 『주먹이』라는 그림책부터 찾습니다. 『주먹이』를 최소 한 번에서 두세 번은 읽은 후에야 다른 책 읽는 것을 허락해 주었지요. 초등학교 3학년이나 된 아이가 보통 6~7세 정도 아이들이 읽는 책을 만날 때마다 읽어 달라고 하는 이유는 무엇일까요? 영진이가 왜 매번 『주먹이』를 읽어 달라고 하는지 혹시 짐작이 가나요?

직장맘인 영진이 엄마는 직장 생활과 육아를 모두 잘 해내고 싶었습니다. 퇴근 후에는 아무리 피곤해도 시간을 내서 영진이에게 책을 읽어 주려고 노력했지요. 영진이 엄마는 다른 엄마들에 비해 많은 시간을 내지 못하기 때문에 주어진 시간에 최대한 다양한 책을 많이 읽어 주고 싶었습니다. 그러다 보니 매번 같은 책을 읽어 달라는 영진이의 요구를 들어주지 않았습니다. 자기의 요구를 거절당한 영진이는 점차 엄마가 읽어 주는 책에 심드렁해졌죠. 그렇게 엄마와 책 읽는 시간은 어느새 엄마와 영진이가 책을 가지고 실랑이를 벌이는 시간이 되었던 것입니다. 결국 영진이에게 책은 '좋은 엄마가 나한테 화를 내게 하는 미운 존재'가 되었고, 이후 영진이는 차차 책을 멀리했습니다.

그 후로 영진이는 책과 화해할 기회를 얻지 못한 채 3학년이 되었는데, 자기 요구를 다 들어줄 것 같은 친절한 대상을 만났으니 유아기에 채우지 못한 욕구를 이제야 채우려 했던 것입니다. 하도 『주먹이』를 좋아하기에 "빌려줄까?"라고 물었더니 그건 싫다고 했습니다. 아직 '책'이란 녀석이 괜찮은 놈인지 확신이 생기지 않았기 때문에 엄마와 자기 사이에 끼워 넣고 싶지 않았던 모양입니다. 처음 만났을 때부터 3개월이 넘도록 영진이의 『주먹이』 사랑은 계속되었고, 더 이상 『주먹이』를 찾지 않으면서부터 놀랍도록 영진이의 읽기 능력이 쭉쭉 자랐답니다. 그 영진이가 지금은 5학년이 되었습니다. 최근 만난 영진이 엄마는 지난여름 가족 여행을 갈 때 영진이가 비행기에서 읽겠다며 책을 두 권이나 챙기더라는 이야기를 했습니다. "그런데 정작 읽지는 않았어요."라고 덧붙였지만 영진이가 책과 꽤 친해졌음을 알 수 있었습니다. 영진이 이야기를 길게 한 이유는 아이가 사랑하는 책을 엄마도 아이만큼 사랑해 달라는 당부를 하기 위함입니다.

아이의 "또!"라는 외침에 방금 읽어 준 책을 앉은 자리에서 몇 번이나 읽어 주었던 기억이 있을 것입니다. 하지만 아이가 그때보다 조금 더 자라면 앉은 자리에서 몇 번씩 반복해서 읽어 달라던 책과는 다른 방식으로 '좋아하는 책'이 생깁니다. 책 읽는 시간의 문을 여는 통과 의례처럼 같은 책을 수없이 읽어 주어야만 다른 책에 관심을 보이는 책 말이지요. 어린이집이나 유치원에서 이유는 알 수 없지만 그냥 '좋은 친구'가 생긴 것과 비슷하다고 이해할 수 있습니다. 애지중지하는 장난감이 생긴 것에 비유해도 괜찮고요.

4세 무렵의 독서력 발달 정도에서도 언급했지만 아이들이 소중하게 생각하고 아끼는 책에는 모두 그만한 이유가 있습니다. 스스로의 유능함을 확인할 수 있어서기도 하고, 아기 때 덮고 자던 포대기에서 느끼던 포근함을 다시 느끼기 때문일 수도 있습니다. 어쩐지 그 친구가 없으면 놀이가 재미없어지는 것 같은 감정일 수도 있습니다. 어떤 이유에서건 책 표지가 낡을 정도로 아이가 애지중지하는 책이 있다면 엄마도 아이의 감정을 인정하고 아이가 만족할 때까지 읽어 주면 좋습니다.

(3) 이야기의 재미를 알고 읽어 주는 내용을 이해한다

네 살과 다섯 살 남매에게 똑같이 『팥죽 할머니와 호랑이』를 읽어 주었습니다. 네 살인 지율이는 다음 내용을 읽다가도 다시 앞으로 되돌아와서 "엄마, 이게 뭐야?" 물어서 "절구통."이라고 답하니 "절구통이 어떻게 했어?" 다시 묻거나 "절구통이 호랑이를 꽝 했지." 등의 과정을 몇 번이나 되풀이했고, 급기야는 책을 다 읽은 후에도 "엄마, 절구통이 호랑이를 꽝 했지?"라는 말을 반복했습니다. 아마 자신이 처음 보는 절구통이라는 대상에 맞아 쓰러진 호랑이가 『팥죽 할머니와 호랑이』에서 가장 인상적이었나 봅니다. 그런데 다섯 살인 우석이는 반응이 달랐습니다. 지율이가 한 장면을 계속 이야기하는 반면 우석이는 "절구통은 할머니가 준 팥죽을 먹고 할머니를 도와준 거야. 그다음에 멍석을 둘둘 말아서 지게를 지고 가서 강물에 빠트린 거야.", "너 호랑이가 왜 할머니 잡아먹는다고 했는지 알아? 내기를 했는데 할머니가 져서 그런 거야."라면서 동생에게 제법 이야기를 풀어 말해 주는가 하면 '넌 모르는 것을 이 형은 잘 알고 있어.' 하는 분위기를 풍깁니다.

네 살과 다섯 살은 한 살 차이지만 그림책을 보고 이해하는 능력이 확연히 다릅니다. 다섯 살 정도가 된 아이는 어떤 한 장면이 좋아서가 아니라 이야기 자체에 재미를 느끼고 흐름을 기억합니다. 엄마가 읽어 주는 이야기를 듣는 한편으로 스스로도 그림을 보면서 내용을 기억하지요. 그래서 앞에서 읽어 준 내용을 잘 기억하지 못하면 아무리 엄마가 재미있게 읽어 주어도 소용이 없습니다. 엄마도 긴 이야기를 읽을 때 앞부분 내용이 복잡하거나 오랜만에 읽어 앞부분의 내용이 기억나지 않으면 책이 잘 읽어지지 않았던 경험이 있을 것입니다. 아이들도 마찬가지입니다. 다섯 살은 재미있는 한두 장면 때문에 책을 좋아하지 않는가 하면 이야기의 재미를 느껴서 책 읽는 것을 좋아하는 시기입니다. 그만큼 아이가 이야기의 흐름을 놓치지 않도록 책을 읽어 주면서, 두세 번 끊어서 앞에 읽은 내용을 묶어서 확인해 가며 다음 이야기를 읽어 주면 좋습니다.

이 시기의 아이들에게 책은 장난감이기도 하고 엄마랑 좋은 시간을 보내게 해 주는 도구이기도 합니다. 또 재미있는 이야기보따리가 되어 주기도 하지요. 제 큰 아이가 초등학교 입학 전이니까 큰 아이가 일곱 살, 작은 아이가 다섯 살 무렵으로 기억합니다. 어쩌면 그 이전부터였는지도 모르겠습니다. 한동안 두 아이는 수시로 집에 있는 책이란 책은 모두 꺼내어 집짓기, 탑 쌓기, 바닥에 깔아서 길 만들기 같은 놀이를 하며 놀았습니다. 시장 놀이를 한다며 책으로 둘레를 치고 문도 만들었습니다. 자주 엄마를 소환하여 놀이에 참여시키기도 했지요. 덕분에 시장 놀이에 손님으로, 책 가게 아줌마로 정말 다양한 역할을 소화했습니다. 그렇게 한바탕 놀다가 조용하다 싶으면 둘은 어느새 책에 빠져 있었지요. 그럴 때에는 손님인 척하면서 "이 책은 무슨 책인가요? 재미있어 보이는데 읽고 가도 되나요?" 하면서 슬쩍 자리 잡고 앉아서 읽어 주기도 했습니다. 그 시절 아이들에게 책은 좋은 놀이 도구이자 이야기 친구였지요. 이불과 의자, 책상을 전부 동원하여 천막을 치고, 그 속에 스탠드까지 켜고 둘이 땀을 뻘뻘 흘리면서 책을 보기도 했습니다. 거실 바닥을 책으로 타일 삼아 깔거나 방과 연결되는 책 길을 만들고 또 책으로 둘러 싼 비밀 공간에서 다리도 못 펴고 셋이 앉아 책을 읽던 기억이 여전히 소중합니다.

이렇게 마음껏 책을 가지고 놀 수 있던 데에는 엄마인 저의 조금은 덜 깔끔한 성격도 한몫했던 것 같습니다. 무엇이든 제자리에 있어야 하고 주변이 깨끗해야 하는 엄마들은 "난 못 하겠어!"라고 할지도 모릅니다. 큰맘 먹고 그렇게 놀게 하는 것까지는 하겠는데 그다음에 그것들을 제자리로 두는 게 무섭다고 합니다. 또 그렇게 책을 가지고 놀다가 책이 상하는 것도 싫다고 합니다. 하지만 아이들과 언제 또 이렇게 책을 함부로 늘어놓고 놀 수 있을까요? 늘어놓은 책을 치우는 것이 겁난다면 놀면서 치울 방법을 생각해 볼 수 있습니다. 저의 경우는 "책 가게 아줌마가 가게 문 닫을 시간이에요.", "저는 이제 퇴근합니다." 하면서 책들을 제자리로 보내거나 "트럭 아저씨, 이것들도 좀 날라 주세요." 하면 아이들이 잽싸게 보자기를 들고 나타나 한 번에 책을 운반해 주기도 했습니다. 책을 늘어놓을 때에는 몰랐는데 도로 가져다 놓으려면 그것도 큰일이죠. 한쪽에 책을 쌓아 두고 모른 척하기도 했답니다. 어차피 내일 또 그러고 놀 텐데 하면서요. 또 아이들이 절대로 치우지 못하게 하는 공간이 있다면 그대로 두는 것도 괜찮습니다. 내 아이가 만든 작품으로 받아들이면 되니까요.

(5) 막대 그림으로 간단한 역할극 흉내를 낼 수 있다

다섯 살 정도 아이들은 청진기를 귀에 꽂고 의사 선생님이 되어 엄마를 배가 아픈 환자를 만들었다, 감기 환자를 만들었다 하며 의사 놀이 하는 것을 즐깁니다. 병원에서 본 의사 선생님이 멋있어 보였나 봅니다. 그런가 하면 동생을 데리고 선생님 놀이, 엄마 놀이를 하는 것도 좋아하지요. 그럴 때 가만히 보면 아이는 자기가 맡은 역할에 제법 충실한 것을 알 수 있습니다. 역할 놀이가 가능하다는 것은 아이가 실생활에서 의사, 엄마, 아빠, 선생님이 맡고 있는 역할에 대한

이해를 하고 있으며, 다른 사람들과의 관계를 파악하고 있다는 것을 의미합니다.

역할 놀이를 즐기는 아이는 책 속에 등장하는 인물을 흉내 내는 역할극도 충분히 할 수 있습니다. 아이가 역할 놀이를 할 때 엄마, 아빠가 적극적으로 참여하면 좋습니다. 아이가 자기보다 능숙한 엄마와 아빠를 보고 배울 수 있는 좋은 기회이기 때문이지요. 그렇게 놀며 배운 놀이 실력으로 아이는 친구들과 놀 때 주도적으로 친구들을 리드합니다.

다음은 엄마와 일곱 살 기훈이, 그리고 기훈이의 동생인 다섯 살 지훈이가 『아기 돼지 삼 형제』를 읽고 함께한 막대 인형 역할극 놀이입니다. 엄마는 늑대를 맡았고, 돼지1과 돼지3은 기훈이가, 돼지2는 지훈이가 맡았습니다.

돼지1: 큰일 났다. 동생아, 늑대가 문 앞에 와 있어!

돼지2: 우리 집은 나무 집이야.

돼지1: 맞아, 나무 집은 늑대가 부수지 못할 거야.

늑대: 하하하! 바보 같은 돼지들 같으니라고. 이까짓 나무 집쯤은 내
     입김 한 방이면 날려 버릴 수 있지! 후!

돼지2: 으악, 도망가자.

돼지1: 언덕 위에 있는 막내 돼지 집으로 어서 뛰어! (막내 돼지의 튼
     튼한 집 덕분에 형들은 목숨을 구한다.) 막내야, 고마워. 우리
     도 너처럼 벽돌로 집을 다시 지어야겠어.

역할극 하는 것을 가만히 보면 일곱 살 형이 있어 그런지 원래 이야기에 살이 붙습니다. 허술하게 집을 지어 늑대에게 쫓기던 아기 돼지들이 집도 튼튼하게 다시 짓고, 울타리에 몰래카메라까지 설치하자고 합니다. 게다가 경찰 아저씨까지 부르겠다며 현실적인 대안을 찾아 가고 있습니다.

다섯 살 아이에게 책을 읽고서 "어떤 이야기가 있었니?", "다음에는 어떻게 될 것 같니?", "더 좋은 방법은 없을까?"와 같은 질문을 하면 썩 만족할 만한 대답을 듣기 어렵습니다. 이런 질문들에 대한 대답은 아이가 적어도 여섯 살에서 일곱 살은 되어야 가능합니다. 어느 정도 질문의 의도를 알고, 자기가 읽은 책을 기반으로 간단한 대답을 할 수 있어야 하니까요. 그러나 역할극은 내가 맡은 역할이 곧 '나'이기 때문에 적극적으로 인물의 문제를 해결하려 하고, 새롭게 이야기의 가지를 뻗어 나갑니다.

지훈이 엄마는 별 생각 없이 만들어 준 막대 인형을 가지고 형제가 그야말로 '창의적인 놀이'를 하는 것을 보고 놀랐다고 합니다. '지훈이는 형이 있으니 그렇게 놀 수 있지, 우리 애는 외동이라 놀아 줄 사람이 없는데.' 이런 생각 중인가요? 그렇다면 또래 친구와 옆집 형을 초대하는 것은 어떨까요?

3) 6세의 독서력 발달 정도

- 이야기를 듣고 기억하여 다시 말할 수 있다.

- 이야기를 듣고 질문에 맞게 대답한다.

- 자신의 느낌과 생각이 글자로 표현되는 것을 좋아한다.

- 장면을 보고 이야기의 차례를 맞출 수 있다.

- 엄마와 함께 도서관에 가는 것을 좋아한다.

- 좋아하던 책을 멀리하는 시기가 오기도 한다.

(1) 이야기를 듣고 기억하여 다시 말할 수 있다

이 시기의 아이들은 그림책을 읽어 주면 내용을 기억하여 동생이나 다른 사람에게 이야기할 수 있습니다. 책 내용을 기억했다 말할 수 있는 시기죠. 읽기 능력을 진단할 때 책을 읽고, 또는 들려주는 이야기를 듣고 다시 기억해 내는 능력을 회상 능력이라고 합니다. (유아는 교사가 읽어 줍니다.)

회상 능력을 진단할 때는 "지금부터 선생님이 글을 읽어 줄 거야. 잘 듣고 있다가 다시 선생님한테 이야기해 줘."라고 하고 교사가 아이에게 읽어 줍니다. 그리고 책을 다 읽은 다음에 아이에게 기억나는 대로 말하되 가능하면 순서대로 다시 말하게 합니다. 어떤 아이는 자기가 읽은 내용의 앞부분은 상세히 기억하여 말하지만 뒤로 갈수록 구멍이 뻥 뚫려 내용을 잘 기억하지 못하는가 하면 또 어떤 아이는 앞부분은 별로 기억하지 못하지만 이제 막 읽기를 끝낸 뒷부분은 집중적으로 기억합니다. 그리고 다른 어떤 아이는 군데군데 산발적으로 기억하고 자신이 읽으면서 어렵다고 생각한 부분은 통으로 날려 버리기도 하지요.

회상을 잘하는 아이는 글의 주요 내용을 빠트리지 않고 순서대로 잘 말합니다. 따라서 회상 능력을 진단하고 나면 그 아이의 읽기 능력이 어느 정도인지 짐작할 수 있습니다. 물론 회상은 잘 못하더라도 막상 질문하면 내용을 기억하여 질문에 대답을 잘할 수는 있습니다. 그러나 회상할 때 원래 내용과 다르게 기억해 내거나 통으로 내용을 날린 경우에는 질문에 제대로 대답하지 못합니다. 이처럼 회상 능력과 글을 읽고 이해하는 능력은 매우 긴밀한 관계에 있습니다. 충분히 이해해야 그것을 머릿속에 잘 저장할 수 있고, 그것을 꺼내는 것에도 큰 어려움이 없습니다.

아이가 아직 여섯 살이어도 간단한 이야기는 듣고 기억했다가 다시 말하는 회상하기가 가능합니다. 대신에 책을 읽어 줄 때 엄마가 내용을 다시 말하는 예를 자주 보여 주어야 아이도 그것을 자연스럽게 터득할 수 있습니다. 이를테면 『팥죽 할머니와 호랑이』를 읽을 때 엄마가 책의 한두 쪽을 읽은 다음에 "호랑이가 할머니를 잡아먹으려고 했는데 할머니가 호랑이한테 뭐라고 했지?"라고 물으면 아이가 "팥죽을 해 주면 먹고 나서 잡아먹으라고 했어."라고 답하고 다시 엄마가 "그랬지. 그다음에 어떻게 됐나 볼까?" 하고서 몇 쪽을 더 읽습

니다. 그리고 다시 아이에게 "겨울이 오자 할머니는 팥죽을 만들면
서 훌쩍훌쩍 울었어. 왜 할머니는 울고 있던 걸까?" 물으면 "호랑이
가 잡아먹으러 올 텐데 어떻게 하나 하면서 울었지."라고 답할 것입
니다. 이런 방식으로 중간중간 내용을 요약해 가며 아이와 함께 읽는
것입니다. 이때 엄마가 하는 질문은 이야기의 내용을 간추리기 위한
질문입니다. 이렇게 엄마와 아이가 이야기를 중간중간 기억해서 요
약하는 연습을 하면 아이는 책을 다 읽은 후에도 내용을 잘 이해합니
다. 잘 이해하면 잘 기억하고, 잘 기억하면 잘 이해한다는 것을 명심
해 주세요.

여섯 살인데 벌써 '회상하기' 같은 어려운 것을 가르쳐야 하나 싶
나요? 적극적으로 가르치자는 것이 아니라 나중에 따로 익히기에
어려운 것을 가벼운 책을 읽으면서 자연스럽게 아이 몸에 배도록 하
려는 것이니 부담 갖지 마세요. 마치 '세발자전거'→'보조 바퀴 달린
두발자전거'→'보조 바퀴 하나 뗀 두발자전거'→'보조 바퀴를 모두 뗀
두발자전거'처럼 단계를 밟아 자전거를 배우는 것과 같지요. 이렇
게 하나씩 연습하다 보면 큰 어려움 없이 자전거를 탈 수 있지만 한
번에 두발자전거를 타려면 어렵게 배워야 하는 것과 비슷한 이치입
니다.

(2) 이야기를 듣고 질문에 맞게 대답한다

"선생님, 우리 아이는 제가 책을 읽고 무엇을 물어보기만 하면 전
부 모른다고 해요. 그래도 차근히 잘 생각해 보라고 하면 질색해요."

책을 읽어 주고 나면 아이가 내용을 얼마나 잘 들었는지, 어느 정도 이해하고 있는지가 궁금하지요. 그래서 책 내용을 묻고 싶은 게 당연합니다. 그런데 아이들은 질문에 대답하기는커녕 아예 질문도 하지 못하게 합니다. 손으로 엄마 입을 가리는 아이도 있습니다. 그런데 왜 아이들은 엄마가 책을 읽어 주고 나서 그에 관련된 내용을 물어보는 것을 싫어할까요?

엄마가 책을 읽어 준 다음에 책에 관한 질문을 하면 아이들이 싫어하는 이유는 단 하나입니다. 아이가 대답하기 어려운 질문을 했기 때문이지요. 많은 엄마들이 질문을 할 때에는 '내가 목이 아플 정도로 책을 읽어 주었는데 너는 잘 들어야지. 어디, 잘 들었는지 확인해 봐야겠어.'라는 의도를 어느 정도 갖고 있습니다. 그러니까 혹시 아이가 쭈뼛거리거나 대답을 제대로 하지 못하면 한두 번은 '그래, 그럴 수 있지.' 하지만 의도한 대답이 계속해서 나오지 않으면 어느새 목소리가 날카롭게 변하면서 나도 모르게 "엄마가 읽어 줄 때 딴짓을 하니까 잘 모르지."라는 말이 나옵니다. 그러면 아이는 점점 더 위축되지요. 아마도 엄마는 책을 함께 읽은 내가 아는 것이니까 아이도 알 것이라는 착각을 하고 있는지 모릅니다. 아이들은 당연히 성인인 부모와는 다르지요.

엄마: 콩쥐가 깨진 항아리에 물을 계속 부어도 항아리에는 물이 꽉 차지 않았어. 그때 누가 와서 도와주었지?

아이: 두꺼비!

엄마: 그래. 두꺼비가 와서 도와주었지. 그런데 두꺼비가 왜 콩쥐를
도와주었을까?

아이: 두꺼비가 착해서.

엄마: (실망하는 얼굴로) 두꺼비가 착해서? 그거 말고. 왜 콩쥐를 도
와준 것 같아?

아이: … 몰라.

다정했던 분위기가 일순간에 와르르 무너지는 모습이 눈에 선하나요? 아이 입장에서는 '내가 생각하기에 두꺼비가 콩쥐를 도와준 것은 두꺼비가 착하기 때문임이 확실한데 왜 엄마는 다른 대답을 원하는 걸까?' 이런 생각이 들 것입니다. 당연히 엄마의 눈초리가 올라가는 것을 이해하기 어렵지요. 엄마가 원하는 대답은 무엇이지요? 설마 "콩쥐가 목숨을 구해 주었으니까 콩쥐의 은혜를 갚으려고 도와준 거야."와 같은 대답을 바랐던 것인가요?

엄마: 아, 두꺼비가 콩쥐를 도와주는 것을 보고서 두꺼비가 착하다
고 생각했구나.

아이: 응.

엄마: 그래. 두꺼비가 정말 착하네. (뱀이 두꺼비를 노리는 장면을 펼
치며) 어디 보자. 콩쥐가 지금 무얼 하고 있나? 만일에 힘센 형
들이 우리 ○○이를 괴롭히려 했어. 그때 다른 형이 와서 나쁜 형
들을 혼내 주고 ○○이를 구해 주면 형한테 뭐라고 해야 할까?

아이: 형, 고마워.

엄마: 그래. 진짜 고마운 형이니까 "고마워."라고 해야겠지? 그럼, 두꺼비는 뱀을 쫓아 준 콩쥐한테 뭐라고 해야 할까?

아이: 콩쥐 아가씨, 고마워요.

엄마: 호호. 콩쥐 아가씨? 그래, "콩쥐 아가씨 고마워요." 그렇게 말했겠네. 그런데 그렇게 고마운 콩쥐 아가씨가 울고 있어. 왜 울고 있었더라?

아이: 항아리가 깨져서.

엄마: 아이고, 잘도 기억하네. 항아리가 깨져서 물이 꽉 차지 않으니까 울었지. 고마운 콩쥐 아가씨가 항아리가 깨져서 울고 있는 것을 본 두꺼비가 어떻게 했어?

아이: 두꺼비가 항아리를 막아서 도와주었지.

엄마: 그래. 그럼 두꺼비가 왜 콩쥐 아가씨를 도와주었게?

아이: 고마운 콩쥐 아가씨가 울고 있으니~~까.

엄마: 맞아, 맞아. 뱀이 두꺼비를 잡아먹으려고 했을 때, 콩쥐가 뱀을 쫓아 자기를 살려 준 게 고마워서 콩쥐를 도와준 거지?

이렇게 엄마가 차근차근 질문을 나누어 하고, 아이의 대답을 기다려 주면 아이는 나름대로 생각하여 결국엔 어려운 질문에도 곧잘 대답해 냅니다. 대신 이렇게 나누어 생각했을 때에는 마지막으로 엄마가 아이의 대답을 한 번에 묶어 주면 좋습니다. 가능하다면 아이에게 엄마가 한 것처럼 다시 한 번 말해 볼 기회를 주면 더 좋겠습니다.

엄마가 원하는 대답이 아이 입에서 잘 나오지 않을 때에는 아이가 대답을 잘할 수 있도록 슬쩍 단서를 제공하고 질문을 나누어 해 주면 효과적입니다. 그리고 아이에게 잘하고 있다며 칭찬해 주세요. 이렇게 질문과 대답이 오갈 때 칭찬 샤워를 해 주면 아이들은 엄마의 질문이 달갑겠지요? 이 과정을 통해서 이해력을 높이고 조리 있게 생각하는 법과 논리적으로 말하는 방법을 깨칩니다. 이런 아이가 책을 좋아하는 것은 물론 말도 잘하고 글도 잘 쓰는 아이로 자랍니다.

(3) 자신의 느낌과 생각이 글자로 표현되는 것을 좋아한다

그동안 엄마와 소통하며 책 읽기를 해 온 아이라면 함께 책을 볼 때 엄마가 묻지 않아도 적극적으로 자기 생각을 말합니다. 어떤 때에는 꽤 기발한 아이디어를 떠올리기도 하고, 또 어떤 때에는 제법 진지하게 자기 생각을 말하기도 하죠. 아이의 이런 생각은 정말 놓치기 아깝습니다. 이럴 때는 아이가 하는 말을 적어 책에 붙여 주세요. 아직 글자로 자기 생각을 적을 수 없는 아이는 엄마가 적어 주는 것을 보면서 자연스럽게 '아! 내 말을 저렇게 적어 둘 수 있구나.' 생각하고, 글자와 비슷한 형태를 모방하는 단계를 거쳐 글자 쓰기에 관심을 갖고 곧 스스로 쓸 것입니다.

아이가 하는 말을 써서 책에 붙여 주는 것도 좋지만 아이가 특별히 인상 깊어 하는 장면은 그림으로 그리거나 사진을 찍어 보게 하세요. 그 이미지들을 컴퓨터에 옮기고 아이의 생각을 덧붙인 후에 인쇄해서 묶어 주면 아이들은 자기가 만든 책이라고 생각해 귀하게 여깁니다. 그렇게 해서 아이의 생각이 들어간 1호, 2호, 3호… 책이 만들어지지요. 이와 같은 일련의 과정을 통해 아이들은 책을 읽으면서 생각하고, 말하고, 쓰는 모든 과정에 흥미를 느끼고 책 읽기를 어렵지 않게 여깁니다. 그러면 초등학교에 입학한 자녀를 둔 엄마들이 입을 모아 말하는 독후감 쓰기, 일기 쓰기 등의 고충에 대해서는 걱정할 필요가 없지요.

나는 구름사다리 두 칸 갈 수 있다. 아빠는 세 칸씩 갈 수 있다. 그런데 생일이래도 갑자기 힘이 세지는 건 아니다.

유치원에서 생일잔치할 때 엄마가 커다란 케이크를 사 와서 친구들이랑 먹었다. 두연이랑 세희랑 같이 생일인데 두연이는 한복 안 입어서 울었다.

(4) 장면을 보고 이야기의 차례를 맞출 수 있다

다섯 살 정도의 아이는 여러 번 본 책은 한 장면만 보고도 어떤 이야기인지 제법 그럴싸하게 말합니다. 그럼 여섯 살이 되면 어떤 발전이 있을까요? 책을 읽은 후에 주요 장면을 보면서 이 장면이 무슨 이야기인지 말할 수 있을 뿐만이 아니라 몇 장면을 섞어 놓았을 때 차례에 따라 늘어놓을 수도 있습니다.

물론 유아기에는 개인차가 크기 때문에 이미 그것이 가능한 아이도 있겠지만 아직은 차례를 맞추고 어떤 이야기인지 말하는 것에 어려움을 느끼는 아이도 있습니다. 그럴 때는 이런 방법을 써 보세요. 우선 책의 몇 장면만 사진을 찍어서 출력합니다. 그리고 각 장면을 섞어 놓은 후에 차례대로 늘어놓아 '이야기 기차' 만들기를 하는 거지요. 그리고 아이에게 "어디, 우리 이야기 기차가 순서대로 잘되었는지 확인해 볼까?" 하며 책을 펼쳐 맞추기 놀이를 하는 겁니다. 중요한 것은 아이가 잘했나가 아니라 우리가 잘했나 말하는 것입니다. 능숙하지 못해서 자신 없는 아이에게 "네가 잘했는지 검사해 보자."라고 하면 부담을 느낄 수 있습니다. 그러니 우리가 잘했는지 확인해 보자는 말은 같이 순서 맞추기를 한 엄마와 함께 책임지자는 것으로, 다소 순서가 맞지 않아도 아이가 부담을 갖지 않게 배려하는 말입니다. 그리고 제대로 잘 맞추었을 때에는 당연히 "네가 잘한 것이야." 하며 공을 돌리는 겁니다.

이렇게 각 장면의 순서를 책과 맞추었다면 장면에 맞는 이야기를 차례대로 해 보세요. 앞으로 글 양이 많은 책을 읽을 때 꼭 필요한 읽기 능력 중의 하나입니다. 책을 읽었는데 책 내용이 뒤죽박죽 섞여 있다면 내용을 제대로 이해하기도 어렵거니와 나중에는 읽었는지 안 읽었는지조차 모릅니다. 이것이 반복되면 결국 일정 수준 이상의 책을 읽어 내지 못합니다.

'이야기 기차' 놀이는 아이들이 놀이를 통해 '순서에 맞게 이야기 간추리기'를 할 수 있는 중요한 읽기 능력을 자연스레 익히게 해 줍니다.

다섯 살 전후의 아이들은 같은 책을 여러 번 반복해서 읽어도 그다지 지루해하지 않습니다. 오히려 더 재미있어하지요. 그러나 여섯 살 정도면 더 이상 집에 있는 책만으로 아이를 만족시킬 수 없습니다. 집에 있는 책은 이미 다 읽어서인지 "집에 있는 책은 다 재미없어."라고 하거든요. 하지만 아이가 원하는 대로 책을 사기에는 주머니 사정이 넉넉하지 않습니다. 이럴 때 '도서관'은 훌륭한 구원 투수입니다. 집에 있는 책이 재미없다는 아이에게 새로운 책을 실컷 읽을 수 있게 해 주는데다 마음에 드는 책을 빌릴 수도 있는 정말 매력적인 곳이거든요.

실제로 아이를 데리고 도서관에 몇 번만 가면 아이는 언제 또 도서관에 가느냐고 할 정도로 도서관에 가는 것을 좋아합니다. 그런데 막상 주변의 말을 들어 보면 도서관을 자주 찾기가 쉽지 않은 모양입니다. 사실 아이를 데리고 도서관에 가려고 해도 동생이 어리거나 도서관이 너무 멀리 있으면 쉽게 가기 어렵지요. 하지만 도서관에 가는 것을 좋아하는 아이를 위해 엄마가 방법을 찾아봐야겠지요. 이런 방법은 어떤가요? 아이와 비슷한 또래를 가진 엄마들과 일종의 동맹을 맺는 것입니다. 엄마들이 돌아가며 아이 몇을 데리고 도서관에 다녀오는 것도 좋고 모두 함께 나들이 삼아 다녀오는 것도 좋지요. 그리고 틈틈이 엄마가 책을 빌려오면 되지요. 그러면 아이에게 도서관은 내가 좋아하는 책이 무궁무진한 곳이자 훌륭한 놀이터로 인식되겠지요.

(6) 좋아하던 책을 멀리하는 시기가 오기도 한다

"그렇게 책을 읽어 달라고 하더니 요즘에는 책 읽어 달라는 소리가 뜸해졌어요. 이제 우리 아이가 책에 흥미를 못 느끼는 것일까요?" 한 엄마가 걱정스러운 말투로 묻습니다. 이야기를 들어 보니 예전 같으면 열 권도 부족해서 두 시간 넘게 계속해서 책을 읽어 주기도 했는데 요즘에는 네댓 권밖에 안 읽는다고 합니다. 어떤 날은 책 읽어 줄 시간이 없어 한 권도 못 읽기 때문에 이러다 아이가 영영 책을 멀리할까 걱정이라는 것입니다. 알고 보니 아이는 최근에 위층으로 이사 온 친구와 마음이 맞아 아침부터 저녁까지 붙어 있느라 책 읽을 시간이 없던 것입니다. 그래서 저녁 식사를 한 이후에 책을 읽어 주면 채 한 권을 읽기도 전에 잠들기도 한다는 것이지요. 하루에 못해도 열 권 이상 책을 보던 아이가 아예 한 권도 보지 않는다니 엄마 입장에서는 걱정스러울 만도 합니다.

그러나 잘 살펴보면 아이는 책이 싫어진 게 아니라 좋은 친구가 생겨서 즐겁게 노느라고 책 볼 시간이 없을 뿐이라는 것을 알 수 있습니다. 좋은 단짝 친구가 생기면 친구와 노느라 자연스럽게 이전에 비해 책 보는 시간이 줄어들 수밖에 없습니다. 이것은 그리 걱정할 일이 아닙니다. 어떤 면에서 보면 이 시기의 아이들에게는 책보다 친구들과의 관계 형성이 더 중요하니까요. 아이들은 친구들과 노는 과정에서 협력하기, 타협하기, 의견 주고받기, 배려하기 등을 배우거든요. 책에서는 얻을 수 없는 귀한 것들이지요.

오히려 아이가 친구들과 노는 것보다 책을 더 좋아해서 책에만 파

묻혀 지낸다면 그것을 걱정해야 합니다. 책이 아무리 좋다고 해도 책하고만 관계 맺기를 하고 친구와는 관계 맺기를 하지 않으면 점점 친구를 만들기 어려워지기 때문입니다. 책도 친구도 많이 만나길 원한다면 친구를 집으로 초대하면 좋습니다. 대신 아이의 친구들이 눈치 보지 않고 놀 수 있게 해 주어야 합니다. 좀 늘어놓고 놀아도 좋고, 시끄러운 것도 좋고요. 아이들이 좋아하는 간식도 넉넉하게 준비해 놓습니다. 또 가끔은 함께 놀아 주는 것도 좋죠. "얘들아, 우리 도서관 놀이 할까?", "우리 시장 놀이 하자. 아줌마는 책을 팔 거야. 너는 무슨 장수를 할래?" 이렇게 책을 매개로 놀다 보면 자연스럽게 책을 읽어 줄 기회가 만들어집니다. 그러면 내 아이는 물론 아이 친구들까지 책이랑 놀 것입니다.

어떤가요, 좋은 생각이지요? 일부러 그렇게까지 하기는 어려울 것 같다고요? 괜찮아요. 다만 우리가 책보다 좋은 친구를 발견한 아이를 그것으로부터 떼어 놓고 "자. 책을 봐야지. 그래야 똑똑한 사람이 되는 거야."와 같은 식으로 대처하지는 말자는 것입니다. 엄마가 꾸준히 노력하다 보면 아이들도 차츰 책 자체의 재미에 빠질 날이 온답니다.

그러니 아이가 전보다 책을 덜 본다고 걱정하지 말고 책에도 관심을 갖도록 환경을 만들어 주세요. 아이 눈에 잘 띄는 곳에 책을 놓아 두어 "어, 이 책은 뭐지? 재미있어 보이는데?" 하고 관심을 보일 수 있게 한다거나 동생 또는 아빠와 정답게 책 읽는 모습을 보여 주는 것도 좋겠네요. 반대로 "책 볼 시간이다.", "공부해야지." 하며 신나게 놀고 있는 아이를 집으로 불러들이는 실수는 하지 말도록 주의해야 합니다. 책 때문에 아이가 즐거운 일을 못하면 엄마 대신 '책'이나 '공부'를 원망합니다. 그럼 다음 수순으로 책이든 공부든 싫어진답니다. 자기의 즐거움을 뺏은 책이 좋을 리가 없으니까요.

4) 7세의 독서력 발달 정도

- 제법 긴 이야기를 매일 조금씩 읽어 주는 것을 좋아한다.

- 다른 사람의 도움 없이 글자를 읽을 수 있다.

- 동생이나 엄마에게 책을 읽어 주고 싶어 한다.

- 좋아하는 작가의 책을 찾아 읽는다.

- 그림을 보고 이야기의 차례를 맞추고 줄거리를 이야기한다.

- 그림책에 등장하는 인물의 심정에 공감한다.

- 책을 읽고 자기의 느낌이나 생각을 말로 표현할 수 있다.

- 자기의 생각을 글자로 표현할 수 있다.

(1) 제법 긴 이야기를 매일 조금씩 읽어 주는 것을 좋아한다

아이가 일곱 살 정도면 매일 조금씩 지금까지 읽던 책보다 긴 이야기를 읽어 주세요. 아주 좋아할 것입니다. 그렇다고 그림책을 보던 아이에게 '곧 초등학교에 입학하니 이 정도는 읽어야지.' 하는 마음으로 긴 이야기책을 권하라는 뜻이 아닙니다. 그림책에서 느낄 수 없는 더 재미있는 책의 세계로 안내하기 위해 긴 이야기책을 연속극

처럼 분량을 나누어 읽어 주라는 뜻이지요. 그림책의 장점 중 하나가 이야기가 짧아서 처음부터 끝까지 재미있고 금방 읽는다는 것입니다. 대신 이야기에 한참 동안 빠지고 싶은 욕구를 채우기에는 분량이 조금 부족하지요. 그럴 때 엄마가 도우미로 나서는 겁니다.

긴 이야기를 읽어 주는 방법은 간단합니다. 70~80쪽 내외의 이야기를 소제목 하나씩 읽어 주세요. 이야기가 막 재미있으려 할 때 "자, 오늘은 여기까지. 내일 이 시간에 이어집니다." 하고 끊는 겁니다. 아이가 더 읽어 달라고 해도 감질나게 "내일!"이라고 말하면서 말이죠. 그렇게 며칠에 걸쳐서 한 권을 다 읽고 나면 아이는 '이렇게 긴 이야기를 다 읽었네.' 하는 뿌듯한 마음을 가집니다. 게다가 책 읽는 호흡이 길어지는 것은 물론이고 긴 이야기를 기억하고 이해하는 능력이 덩달아 향상되니 시도할 만하지요? 단, 연속 읽기를 할 때에는 앞서 읽어 준 내용을 간략하게 확인하고 읽어 주세요. 이야기의 연속성을 놓치지 않아서 좋고 아이가 이야기를 간략하게 요약하는 것을 자연스레 습득할 수 있어 좋습니다. 그래도 아직은 그림책 위주의 읽기를 더 많이 해야 한다는 것을 잊지 말아 주세요.

이전에는 아주 천천히 "작. 은. 나. 무. 도. 서. 관!"이라고 더듬거리며 책의 표지 정도나 겨우 읽었다면 이제 책 표지 정도는 막힘없이 읽습니다. 어려운 글자 앞에서 더듬대거나 어떤 글자인지 묻기도 하지만 이야기의 85%에서 90% 정도는 어른의 도움 없이도 읽을 수 있습니다.

아이가 글자를 읽으면 엄마는 초등학교 입학 준비 과정의 하나는 마쳤다는 생각에 안심되고, 무엇보다 곧 독립적으로 책을 읽을 때가 가까워졌다싶어 뿌듯하고 기쁜 마음이 듭니다. 그리고 이제 글자를 읽을 수 있으니 아이의 읽기가 보다 유창해지도록 다양한 방법으로 책 읽기를 시도합니다. 엄마 한 줄, 아이 한 줄 이렇게 읽다가 아이가 잘 해내면 점점 아이가 읽는 분량을 늘리지요. 그러다 보면 어느새 아이 혼자서 한 권을 모두 읽을 정도가 되지요. 그러면 슬슬 엄마는 책 읽어 주는 것에 꾀가 나기 시작합니다. '이제 혼자 읽을 수 있으니까 나는 좀 빠져도 되지 않을까?' 이런 생각이 들지요. 그래서 엄마가 책을 읽어주는 대신 책 내용이 녹음된 CD를 아이 옆에 틀어 놓습니다. 또 "엄마한테 『팥죽 할머니와 호랑이』 좀 읽어 줄래?" 하며 아이에게 그림책 한 권을 소리 내어 읽을 것을 요구하기도 합니다.

하지만 글자를 읽을 수 있다고 해서 단번에 스스로 책 읽기를 하도록 시키는 것은 위험합니다. 아직 읽기에 서툰 아이가 혼자 책을 보면 글자를 읽는 것에 신경 쓰느라 중요한 메시지를 전달하는 그림 읽기 부분을 놓치고, 이 때문에 이야기를 충분히 이해하지 못하기 때문입니다. 반면에 엄마가 읽어 줄 때는 귀로 들으면서 눈으로는 글자와 함께 그림을 충분히 감상할 수 있기 때문에 이해도가 훨씬 높아집니다. 게다가 엄마와 함께 책을 보면 이런저런 상호 작용을 할 수 있어 언어 구사력은 물론이고 사고력 또한 높아지지요.

일찌감치 엄마로부터 책 읽기를 독립했을 때 생기는 또 하나의 문

제는 책에 대한 흥미를 잃어버릴 가능성이 높다는 것입니다. 하다못
해 TV드라마도 혼자 보는 것보다 옆에 있는 사람하고 시시콜콜한 대
화를 주고받으며 봐야 훨씬 재미있는 것처럼 책 읽기도 마찬가지입
니다. 아이들에게 혼자 읽는 책은 세상에서 가장 재미없는 책이랍니
다. 그러니 아직은 더 많이 또 충분히 읽어 주고 함께 책 읽는 시간을
즐기기 바랍니다. 지금이 아니면 누릴 수 없는 즐거움이니까요.

(3) 동생이나 엄마에게 책을 읽어 주고 싶어 한다

어느 날 저녁 딸아이가 "원진아, 졸려? 누나가 책 읽어 줄게." 하
고 동생 손을 잡고 방으로 들어갔습니다. 얼마 후에 방문을 열어 보
니 정말 큰 아이가 책을 읽어 주었는지 책을 펼친 채 두 아이 모두 잠
들어 있었습니다. 저절로 미소가 생기는 모습이죠? 딸과 아들이 일곱
살, 다섯 살 때이니 아주 오래된 기억입니다. 그 후에도 둘은 자주 그
런 모습을 보여 주었습니다. 엄마가 자기에게 책을 읽어 주었던 것처
럼 동생에게 책을 읽어 주면서 딸아이는 스스로 꽤 유능한 사람이라
고 느꼈던 것 같습니다.

다른 사람의 도움 없이 글자를 읽는다는 것은 어른의 손을 잡고 조
금씩 걸음을 떼던 아기가 드디어 혼자 아장아장 걷기 시작한 것과 비
슷합니다. 엄마가 보기에 당연히 기특하고, 아이 스스로 생각할 때
역시 참 대견할 것입니다. 그런데 아직 엄마 앞에서 큰 소리로 읽기
에는 자신감이 서지 않습니다. 그러나 동생은 혹시 자기가 잘 읽지
못하더라도 자신을 지적하지 않고, 자기를 대단하게 여길 테니 유능

함을 드러내 보이기에 적당한 상대지요. 동생이 없어 안타깝다고요? 이웃에 사는 동생도 좋고 또래끼리 마주 읽기, 엄마, 아빠 등 적당한 상대를 찾아 기회를 마련해 주세요.

(4) 좋아하는 작가의 책을 찾아 읽는다

일곱 살 지윤이는 한동안 『마술 연필』, 『우리 아빠가 최고야』, 『고릴라』, 『겁쟁이 윌리』, 『윌리와 악당 벌렁코』, 『우리 엄마』, 『동물원』 등과 같은 앤서니 브라운이 쓴 책을 골라 읽더니 요즘은 작가 존 버닝햄에 빠졌습니다. 『검피 아저씨의 뱃놀이』, 『검피 아저씨의 드라이브』, 『대포알 심프』, 『야, 우리 기차에서 내려!』, 『마법 침대』, 『구름나라』, 『우리 할아버지』 등의 책들이지요.

『마술 연필』이나 『야, 우리 기차에서 내려!』, 『겁쟁이 윌리』는 지윤이가 네 살 때 아주 좋아했던 책인데 최근 좋아하는 그림책 작가가 생기자 다시 꺼내 보고 있답니다. 이런저런 책을 골고루 많이 읽으면, 빠르면 여섯 살에서 일곱 살 정도면 지윤이처럼 자기 나름의 책 고르는 안목이 생깁니다. 이렇게 작가 또는 주제별로 좋아하는 책이 있고, 골라 읽는 능동적인 독서 태도는 앞으로 성장하면서 책을 잘 읽기 위해 꼭 필요합니다. 다만 책 읽는 성향이 지나치게 한쪽으로 치우치지 않도록 엄마가 신경 써 줄 필요는 있습니다. 한참 관심 있어 하고 좋아하는 책들 주변에 다른 작가의 책 표지가 잘 보이게 놓아둠으로써 아이의 눈에 자주 노출시키면 자연스럽게 관심이 그쪽으로 옮겨 간답니다.

　그림책은 등장인물이 적고 이야기 흐름이 간단합니다. 그래서 그림책을 많이 읽은 아이들은 자기도 모르게 이야기의 기본적인 구조가 어떻게 이루어지는지를 파악합니다. 이를테면 '힘이 세거나 부자인 등장인물은 보통 어리석거나 욕심꾸러기며 힘이 약한 대상을 괴롭힌다.', '힘이 약하고 보잘것없는 인물은 가난하지만 착하고 영리해서 처음에는 당할지 몰라도 결국에는 어려움을 이겨 낸다', '신데렐라 앞에 요술 할머니가 등장해 도움을 주는 것처럼 주인공이 어려움에 처하면 누군가 나타나 도움을 준다.', 또 '마음이 상한 주인공이 환상의 세계에서 신나게 놀고 나서 마음이 풀리면 다시 집으로 돌아온다.' 이런 것 정도는 곧잘 알아차리죠.

　'우와, 아이가 그 정도까지 알 수 있다고?' 하고 깜짝 놀랐나요? 몇 년에 걸쳐 수많은 이야기를 읽어 주는 노력을 했다면 분명 아이는 깜짝 놀랄 만한 경지의 독서력을 갖추고 있을 겁니다. 물론 아직은 그 단계까지 가지 못한 아이들도 있지요. 그렇다고 '내 아이는 아직 잘 모르는 것 같던데…' 실망하기는 이릅니다. 책을 읽은 후에 이야기를 되돌아보는 연습을 여러 번 하다 보면 얼마든지 가능합니다.

　『날아라, 가오리 연!』을 읽고 연습해 보겠습니다.

"어? 할아버지다!"

엄마, 아빠가 먼 곳에 다녀와야 해서 선호를 돌보러 할아버지가 왔어요.

"아버님, 선호 좀 잘 부탁드려요."

할아버지는 무뚝뚝하고, 말도 잘 안 해요.

할아버지가 텔레비전을 보다 잠이 들었어요.

"아이, 심심해. 뭐하고 놀지?"

그때 할아버지의 가방이 눈에 띄었어요.

선호는 살금살금 다가갔어요.

무언가 재미있는 것이 들어 있을 것 같아요.

"이게 뭐지?"

선호는 가방에서 돌돌 만 종이를 쓱 꺼냈어요.

신문지를 두르르 풀자 하얀 종이가 나왔어요.

"이야, 그림 그리면 좋겠다!"

선호는 방에 가서 크레파스를 가져왔어요.

가장 먼저 엄마, 아빠를 그렸어요.

선호가 좋아하는 무지개도 그렸지요.

강아지 몽돌이도 그리고, 할아버지랑 선호가 함께 있는 그림도 그렸어요.

선호는 그림을 그리다 깜빡 잠이 들었어요.

잠에서 깨어 반쯤 눈을 떴는데, 할아버지가 종이를 들여다보고 있어요.

'할아버지가 화내면 어떡하지?'

선호는 겁이 나서 계속 자는 척했어요.

"이걸로 연을 만들어 볼까?"

할아버지의 말에 선호가 벌떡 일어났어요.

할아버지는 가방에서 이것저것 꺼냈어요.

그중엔 실이 둘둘 감긴 얼레도 있었어요.

할아버지는 선호가 그린 그림을 바닥에 놓고 말했어요.

"자, 종이를 잘 잡아. 여기에 댓가지를 똑바로 놓고…."

할아버지는 종이 위에 가느다란 댓가지를 놓고, 그 위에 작게 자른 종이를 올려

놓았어요.

"자, 네가 여기다 붙여 봐라."

선호는 할아버지가 건네 준 작은 종이에 풀칠을 해 댓가지 위에 꼭 붙였어요.

선호는 할아버지와 함께 기다란 연 꼬리도 달았어요.

"이건 가오리를 닮아서 가오리연이라고 한단다."

할아버지는 연의 이름도 알려 주었지요.

"우리가 만든 연이 아주 멋지구나. 그렇지?"

선호는 고개를 끄덕이며 씩 웃었어요.

할아버지는 얼레의 실을 연에 잇더니, 자리에서 일어서며 말했어요.

"자, 연을 날리러 가려면 옷을 따뜻하게 입어야지."

휘잉, 바람이 불었어요.

할아버지는 연을 들고 이리 휙, 저리 휙.

마침내 연이 둥실 떠올랐어요.

"우와!"

길게 드리운 연 꼬리가 팔랑팔랑.

선호는 두둥실 떠오른 연을 올려다보았어요.

"하하, 저 연의 그림 좀 봐."

한 아이가 선호와 할아버지의 연을 보고 웃었어요.

그 아이의 연은 멋진 용 그림이 그려진 연이었어요.

선호는 왠지 부끄러웠어요.

그때 할아버지가 말했어요.

"내 눈엔 우리 연이 가장 멋진걸."

"선호야, 이제 네가 날려 보렴."

할아버지가 선호 손에 얼레를 쥐여 주었어요.

연줄이 팽팽, 선호의 가슴이 두근두근, 연은 바람을 타고 높이높이 날아올랐어요.

연에 그려진 선호와 할아버지가 활짝 웃고 있어요.

이제 몇 장면을 골라 이야기의 차례를 맞추어 봐요.

엄마와 아빠가 먼 곳에 다녀와야 해서 할아버지가 선호를 돌보러 오셨어요. 할아버지는 무뚝뚝하시고 말도 잘 안 하세요.

할아버지가 TV를 보다 잠이 드신 사이 선호는 할아버지 가방에서 종이를 꺼내 그림을 그렸어요.

선호가 그린 그림으로 할아버지와 선호는 가오리연을 만들었어요.

멋진 용 그림이 그려진 연을 날리는 아이가 선호의 연을 보고 웃었어요. 선호는 왠지 부끄러웠어요. 하지만 할아버지는 우리 연이 가장 멋지다고 하셨어요.

그림을 보고 차례를 맞추고 줄거리 말하기를 하는 방법은 간단합
니다.

하나, 주요 장면 사진 찍기

둘, 컴퓨터로 사진을 옮기고 출력하기

셋, 그림을 잘라서 순서 맞추기

넷, 그림을 보면서 어떤 이야기인지 줄거리 말하기

그림을 보고 순서 맞추기를 하고 줄거리 말하기까지 잘 해내면 난
이도를 높여서 그림 중 하나를 빼 보세요. 그리고 "어? 중요한 장면이
빠진 것 같은데? 어떤 이야기일까?" 하며 아이가 생각해 말할 수 있
도록 유도해 봅니다. 이 정도까지 해낼 수 있다면 이미 꽤 높은 수준
에 도달한 것입니다.

(6) 그림책에 등장하는 인물의 심정에 공감한다.

『파란 캥거루야, 학교 가자!』를 보던 여섯 살 서연이는 파란 캥거
루를 데리고 학교 앞까지 온 주인공이 "파란 캥거루가 배가 아파 집
에 가고 싶어 한다."고 말하는 장면을 보고 엄마와 다음과 같은 대화
를 했습니다.

서연: 엄마, 얘가 학교 가기 싫어서 캥거루가 아프다고 거짓말하는

거야.

엄마: 그래? 얘가 거짓말하는 것 같아?

『파란 캥거루야, 학교 가자!』는 처음 학교 갈 때의 불안하고 걱정스러운 마음을 잘 표현한 책입니다. 주인공은 파란 캥거루와 함께라면 용기 내서 학교에 갈 수 있을 것 같았는데 막상 학교 앞에 오니 불안한 모양입니다. 파란 캥거루의 배가 아프다고 하네요. 이 장면을 보고 서연이와 엄마가 나눈 대화를 보면 일곱 살 정도면 이야기의 흐름을 이해하는 정도를 넘어, 등장인물의 심정이 어떤지 추측하고 그 마음을 이해할 수 있음을 알 수 있습니다.

책 내용과 비슷한 경험을 한 아이라면 등장인물의 심정을 더 잘 이해할 수 있습니다. 직접 경험하지 못했더라도 책을 많이 읽은 아이는 책을 통해 간접 경험을 충분히 했기 때문에 그림책에 등장하는 인물의 심정을 이해할 수 있습니다. 이렇게 인물이 처한 상황을 이해하고 심정이 어떨지 알아차리는 것은 글을 읽고 이해하는 데 꼭 필요한 높은 수준의 읽기 능력입니다.

이 정도의 능력을 갖추었다면 지금보다 복잡하고 긴 책을 읽을 수 있는 준비가 됐다고 볼 수 있습니다. 그럼 차차 그림보다 글자가 많은 책을 읽을 수 있겠지요. 만일 아이가 이야기의 줄거리 정도는 아는데 아직 등장인물의 심정을 이해하고 공감하는 능력이 부족하다면 엄마가 "이 사람은 지금 기분이 어떤 것 같아?", "왜 그렇게 생각해?", "네가 이 사람이라면 어떤 기분일까?"와 같은 질문을 통해 등장인물의 생각과 마음을 추측하고 또 등장인물에게 공감할 수 있도록 도와주세요. 낯선 주제보다는 아이가 겪었음직한 사건이나 공감할 만한 주제의 책으로 연습하면 더욱 좋겠지요.

내일은 주노가 다섯 살이 되는 생일입니다. 네 살 마지막 밤에 잠이 들면서 주노는 내일이면 자기를 둘러싼 모든 것이 달라질 것 같아 가슴이 두근거립니다. 어쩌면 이빨이 하나 빠질지도 모른다는 기대도 합니다. 그런데 막상 다섯 살 생일날 주노에게는 아무 일도 일어나지 않습니다. 이빨이 빠지기는커녕 흔들리지도 않고, 풀린 운동화 끈을 맬 수도 없습니다. 이렇게 실망스러울 수가 없습니다.

『두근두근 다섯 살』의 내용입니다. 한 살 더 먹으면 옆집 형처럼 될 거라고 잔뜩 기대했는데 여전히 옆집 형은 형이고 나는 어제와 달라진 점이 없어 섭섭한 경험을 한 아이는 물론, 이제까지 그런 생각을 해 본 적 없는 아이까지 모두 주인공의 심정에 공감할 것입니다. 이런 책이 등장인물의 심정을 알고 공감하는 연습에 적당한 책입니다.

일곱 살 정도면 그림책을 읽고 자기의 느낌이나 생각을 말로 표현할 수 있습니다. 유아들은 책을 읽어 줄 때 적극적으로 자기의 생각을 표현합니다. 『팥죽 할머니와 호랑이』를 읽으면서 할머니를 잡아먹으려고 하는 호랑이를 보고 "호랑이 나빴다.", "할머니가 팥죽 주면 되는데."라고 하고, 할머니를 잡아먹으려다 밤톨, 송곳, 절구통 등에게 혼나고 결국 물에 빠지게 된 호랑이를 보고는 "호랑이 불쌍하다."는 말을 하기도 합니다. 나름대로 등장인물을 보고 느끼는 것을 말하지요.

아이가 조금 더 자세히 말했으면 좋겠다는 생각이 들면 다음 생각을 말하기에 적당한 질문을 하세요. 이때 아이 입에서 엄마가 원하는 대답이 나오지 않더라도 실망한 표정은 금물입니다. 아이들은 자기가 한 말에 엄마가 질문하면 자칫 수사관이 수사하는 것처럼 압박을 느낄 수 있기 때문이지요.

아이: 호랑이 나빴다.

엄마: 호랑이가 나빴구나. 왜 호랑이가 나쁜데?

아이: 할머니를 잡아먹은다고(유아식 표현) 하잖아.

엄마: 아, 할머니를 잡아먹으려고 해서 호랑이가 나빴구나.

아이: 호랑이 불쌍하다.

엄마: 우리 ○○이는 호랑이가 불쌍하구나. 호랑이가 왜 불쌍하지?

아이: 물에 빠졌으니까.

엄마: 으응. 지게가 호랑이를 물에 빠트려서?

아이: 응.

엄마: 호랑이가 할머니를 잡아먹으려고 해서 혼내 준 건데 그래도 불쌍해?

아이: 응. 호랑이가 배고파서 그런 거니까 팥죽을 주면 되잖아.

엄마: 진짜! 호랑이한테 팥죽을 주면 배불러서 할머니를 안 잡아먹을 텐데. 그치?

일곱 살 정도면 얼마든지 이런 방법으로 연결해서 대화를 이어갈 수 있습니다. 아이가 크게 거부 반응이 없다면 엄마가 아이의 대답을 정리한 것을 따라 말하게 해 보는 것도 좋습니다. 잘 따라 했을 때는 "우리 ○○이가 이유까지 잘 말하네." 하고 크게 칭찬해 주어야 합니다. 이런 경험을 여러 번 하면 아이는 자연스럽게 자기 생각과 그렇게 생각하는 이유까지 조리 있게 말할 수 있겠지요.

(8) 자기의 생각을 글자로 표현할 수 있다

일곱 살 서연이가 『파란 캥거루야, 학교 가자!』를 읽은 후에 주인

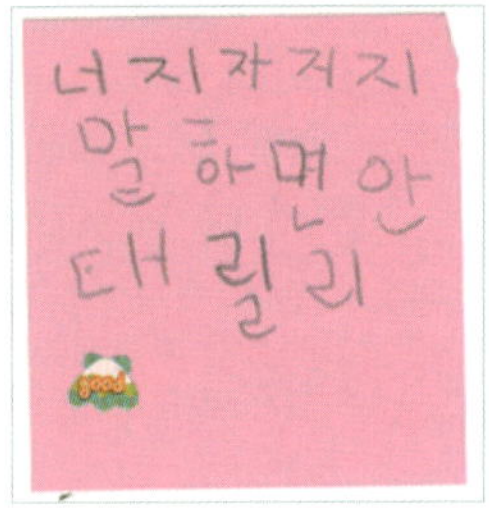

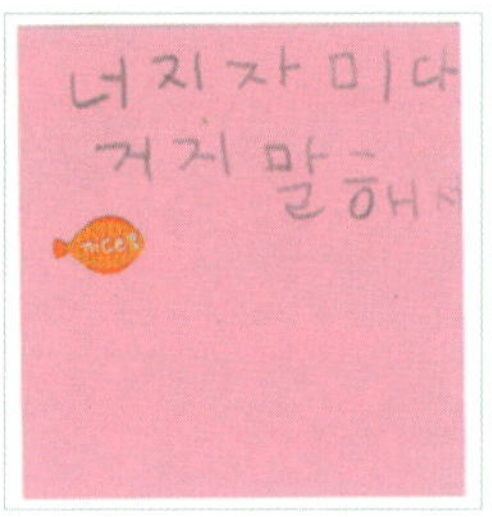

공인 릴리에게 하고 싶은 말을 포스트잇에 써서 붙였습니다. 책을 읽은 후에 생각을 말하는 것과 달리 글자로 적을 때에는 말로 표현했을 때보다 내용이 간단합니다. 말로 표현할 때는 질문을 통하여 사고를 넓혀 갈 수 있지만 글자로 썼을 때는 그렇게 하기 어렵습니다. 이때는 아이 생각을 엄마가 적어 주는 방법을 사용하면 좋습니다. 서툰 글씨로 적는 것은 부담스럽지만 엄마가 대신 적어 줄 때에는 자기 생각을 다 적으라고 주문하거든요.

7세 정도가 되면 이제 슬슬 글자를 깨쳐 혼자 읽기 시작합니다. 비록 맞춤법에 충실하지는 않지만 자기 생각을 글자로 표현하기 시작합니다. 글자를 쓸 수 있어도 책을 읽고 자기 생각을 글자로 표현하는 것은 쉽지 않습니다. 하지만 가볍게 생각을 메모하는 정도는 엄마가 유도하기에 따라 어렵지 않게 할 수 있습니다. 이렇게 책을 읽은 후 자기 생각을 메모하는 것은 초등학생이 되었을 때 독후감 쓰기를 잘할 수 있는 기초가 됩니다.

우선 다양한 포스트잇을 준비합니다. 이왕이면 아이가 좋아하는 색깔에 모양까지 예쁘면 금상첨화입니다. 그다음에는 책을 읽어 가면서 또는 다 읽은 후에 "호랑이에게 잡혀 먹힐까 걱정하는 할머니에게 하고 싶은 말이 있으면 포스트잇에 적어서 붙여 줄까?" 하고 묻는 것입니다. 그리고 엄마가 먼저 예쁜 포스트잇에 한두 줄 적습니다. 그러면 '아, 저렇게 하는 것이구나.' 하고 아이도 자기 생각을 적습니다. 물론 맞춤법에 서툴러 올바르지 않게 적기도 합니다. 소리 나는 대로 적는 것이 한 예지요. 마음 같아서는 하나하나 골라 올바르게 고쳐 주고 싶죠? 하지만 지금은 자기 생각을 글자로 표현하는 게 목적이니 맞춤법 교정은 조금 미루는 것이 좋습니다. 그런 것을 지적하고 고쳐주는 데 신경 쓰면 아이는 글자로 생각을 적는 재미를 놓치고 말거든요. 그런데 이런 경우는 참 곤란하죠? 일곱 살 여자아이를 키우는 어느 엄마의 경험입니다.

아이: 엄마, '괜찮아' 어떻게 써?

엄마: '괜찮아'? (연필로 쓰며) 이렇게.

아이: 아니, 이건 '괜찮아'가 아니잖아.

엄마: 이게 '괜찮아'인데?

아이: 아니, 괜찮아.

엄마: (말하는 대로 써 달라는 뜻임을 깨닫고는) 자, 괜차나(연필로 말하는 대로 쓰며) 이렇게?

아이: 응.

아이의 엄마는 "'괜찮아'를 어떻게 쓰는지 물어보는 데 맞춤법에 맞게 일러 주면 틀리게 가르쳐 주었다고 자꾸 다시 알려 달라고 해서

'욱'하는 걸 꾹 참고 그냥 ○○이가 써 달라는 대로 써 주었어요."라고 했습니다. 이럴 때는 "응. 이 글자는 '괜찮아'가 아니라고? 어디 책에는 어떻게 쓰여 있는지 볼까?" 하면서 책에 쓰여 있는 글자를 찾아 보여 주면서 "'괜찮아'라고 쓰여 있는데 우리는 '괜차나'라고 읽는구나." 정도로 확인시켜 주면 되겠습니다. 지금은 눈으로 보는 글자와 소리로 들리는 글자가 다르다는 것을 아는 정도면 된답니다. 맞춤법은 이런 과정을 몇 차례 겪으면서 아이도 점차 알게 될 것입니다. 그러면 초등학교에서 자주 보는 받아쓰기 시험 정도는 그리 어렵지 않게 척척 해내겠죠?

3장

효과적인
독서 코칭법

아이에게 책을 읽어 주는 것은 즐거운 소통입니다. 조금 언짢은 일이 있었더라도 아이에게 소리 내어 책을 읽어 주다 보면 어느새 마음이 가라앉습니다. 아이와 마주 앉아 오랫동안 다정한 목소리로 이야기하는 것은 생각보다 쉽지 않습니다. 그러나 책만 있으면 엄마는 큰 어려움 없이 아이에게 오랫동안 따뜻함을 전할 수 있습니다. 이처럼 '책 읽어 주기'는 듣는 이는 물론 읽어 주는 사람까지 행복하게 해 주는 즐거운 소통입니다.

QR코드로 김명미 저자의 강의를 확인하세요.

01

책

읽어 주는

즐거움

R E A D I N G

1) 아이에게 책을 읽어 주어야 하는 이유

글자를 모르는 영유아는 물론이고 혼자서도 책을 읽을 수 있는 아이까지, 엄마가 책을 읽어 주는 것은 여러 모로 의미가 있습니다. 책을 읽어 주는 사람과 그것을 듣는 사람 모두에게 이것은 단순하게 책 내용을 전달하는 것 이상의 즐거움입니다.

책을 읽어 주는 것은 아직 글자를 알지 못하는 영유아에게 '책 읽기의 즐거움'을 자연스럽게 깨우치게 하는 거의 유일한 방법입니다. 아이가 엄마의 품에 포근하게 안겨 자신이 사랑받고 있음을 충분히 느끼면서 새로운 세상과 만나는 즐거움은 책이 아이에게 주는 최고의 선물일 것입니다. 또 엄마가 책을 읽어 줄 때는 아이와 엄마 사이에 책 말고는 다른 어떤 것도 개입하지 않습니다. 그렇기 때문에 아이는 그 시간 동안 엄마를 독차지하여 정서적인 포만감을 느낍니다. 엄마가 책만 뚫어져라 보면서 기계처럼 읽는 것이 아니라 책을 읽어 주는 틈틈이 자신과 눈을 맞추며 미소를 보내고, 자신의 이야기에 귀를 기울여 주니 얼마나 행복하겠어요. 그사이에 엄마는 내 아이의 생각까지 덤으로 알 수 있으니 더 좋겠지요?

호랑이의 **"어흥! 할멈을 잡아먹어야겠다."**라는 말에 잔뜩 힘을 주고, 할머니의 "아이고, 꼼짝없이 호랑이에게 잡아먹히게 생겼으니 이를 어찌하나… 흑흑."이라는 말에는 한껏 무서워하는 감정을 얹습니다. 이렇게 등장인물, 상황에 맞추어 실감나게 읽어 주는 엄마의 목소리와 표정은 아이의 상상력을 자극해 아이를 이야기에 푹 빠져들게 합니다. 엄마가 읽어 주는 책을 많이 들어 온 아이는 '듣는 힘'이 발달합니다. 다른 사람이 하는 말을 주의 깊게 듣는 것은 물론이고 그것을 이해하는 능력이 뛰어나죠. 그런 아이가 친구들 사이에서 인기 높은 것은 당연한 이치랍니다. 어디 그뿐인가요? 초등학교에 입학하면 분명히 공부도 잘한답니다. 잘 보고 또 잘 들으니까요.

책을 읽어 주는 것은 읽어 주는 사람에게도 커다란 만족감을 선사합니다. 어른이 되어 아이 책을 읽으면 예전에는 깨닫지 못한 아름다운 그림과 이야기에 감동받기도 하고, 이전에는 몰랐던 것들을 새롭게 배우기도 하지요. 그래서인지 제 주변에는 아이들에게 책을 읽어 주다가 아이들 책에 푹 빠졌다고 하는 어른들이 꽤 많습니다.

2) 아이에게 책을 읽어 줄 때 엄마가 알고 있으면 좋은 몇 가지

(1) 아이에게 읽어 주기 전에 엄마가 먼저 읽어 보면 좋아요

저는 예전에 아이들에게 책을 읽어 줄 때, 다정한 목소리로 읽는 게 어울리는 인물을 거친 인물로 설정해서 읽어 주었던 경험이 있습니다. 아이 수준에 맞는 책인 줄 알고 읽어 주기 시작했는데 몇 장 넘어 가니 전혀 그렇지 않았던 경험도 있지요. 또 재미있을 줄 알고 함께 읽기 시작했는데 영 재미없던 기억도 있습니다. 아이에게 읽어 주기 전에 한 번이라도 미리 읽어 봤다면 이런 실수는 하지 않았겠지요?

영유아에게 읽어 주는 짧은 그림책이라도 엄마가 시간을 내어 미리 읽어 보는 것이 중요합니다. 그래서 책 내용이 조금 길다 싶으면 아이가 집중해서 들을 수 있을 정도로 간추려서 읽어 주면 좋겠지요. 또 등장인물에 따라 목소리 연기를 어떻게 할지, 어느 장면을 특히 강조해서 읽어 주어야 할지, 그리고 표정과 몸짓은 어떻게 하면 좋을지 미리 생각해 두면 더욱 좋습니다.

(2) 앞표지부터 뒤표지까지 모두 읽어 주세요

그림책은 말 그대로 그림이 차지하는 비중이 큰 책입니다. 본문만이 아니라 앞표지와 뒤표지는 물론이고 책을 열면 나오는 속표지, 면지 등에 이르기까지 그림책 작가는 곳곳에 독자에게 전하는 메시지를 표현해 두었습니다. 지금까지는 표지와 제목 정도를 보고 곧바로 본문 읽기에 들어갔다면 앞으로는 보물을 찾는 기분으로 책의 구석구석을 한 곳도 놓치지 말고 모두 읽어 주세요.

책을 한 권 살펴볼까요? 『빨간 트럭 아저씨』라는 책인데요.

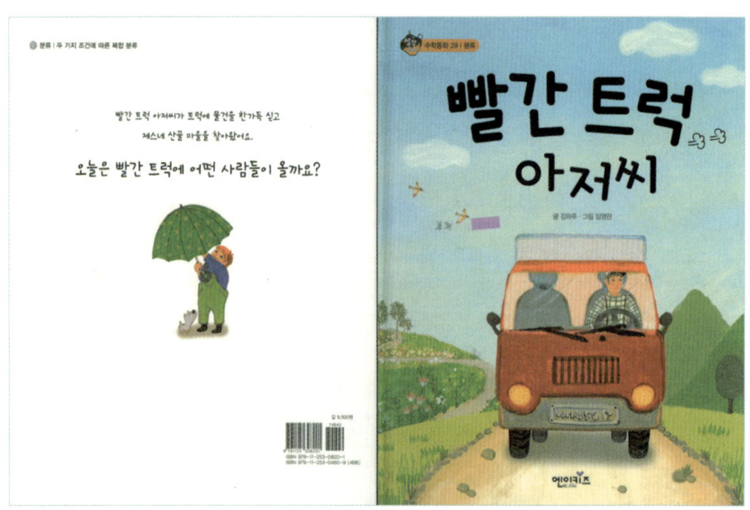

먼저 책의 뒤표지(왼쪽)와 앞표지(오른쪽)입니다. 앞표지에는 '빨간 트럭 아저씨'라는 제목과 함께 한적한 길에 빨간 트럭 한 대가 달리는 모습이 눈에 쏙 들어오네요. 주변을 보니 들이 있고, 또 산도 보이네요. 빨간 트럭에 타고 있는 아저씨는 어디로 가고 있는 것일까?, 이 트럭에는 무엇이 실려 있을까? 하는 궁금증을 불러일으킵니다. 뒤표지에는 강아지와 별이 그려진 초록 우산을 펴고 있는 것 같은 어린아이가 먼저 눈에 들어옵니다. 빨간 트럭에 탄 아저씨가 가져다준 우산일까요?

이렇게 그림책을 읽기 전에 앞표지와 뒤표지를 살피고 여기에 나오는 그림을 보면 책에 어떤 이야기가 들어 있을지 짐작할 수 있습니다. 표지만 보고서도 많은 이야기를 상상할 수 있지요.

앞표지를 넘기니 앞면지에 초록 들판을 달리는 빨간 트럭이 보입니다. 빨간 트럭이 향하는 쪽을 탁 트이게 그린 것으로 미루어 어딘가를 향해 가고 있는 것이 분명합니다. 빨간 트럭을 향해 날아가는 새는 마치 빨간 트럭을 마중 나온 듯이 보입니다. 저만치에서 사람들이 빨간 트럭 아저씨를 기다리고 있겠지요?

가장 마지막에 있는 뒷면지를 볼까요? 앞면지와 같은 듯 다른 그림이 그려져 있습니다.

빨간 트럭이 떠나고 있네요. 새들이 잘 가라고, 또 오라고 배웅하는 것처럼 보입니다. 앞면지와 비교해 볼 때 트럭과 새들의 위치에 따라 이야기가 시작되고 있는지, 이야기가 마무리 되었는지 알 수 있습니다.

이렇게 그림책 작가는 앞표지부터 뒤표지까지 자신이 책을 통해 하고 싶은 이야기를 곳곳에 담아 놓습니다. 표지와 면지를 보지 않고 본문만 읽었더라도 글로 말하지 않고, 그림으로만 전하는 이야기를 전부 읽어 낼 수 있었을까요?

(3) 과한 목소리 연기(구연)와 몸짓은 피해 주세요

동화를 읽을 때 목소리로 등장인물을 연기하는 것을 '동화 구연'이라 칭합니다. 그런데 동화 구연이라 하면 과장된 목소리와 몸짓부터 떠올리는 사람이 많습니다. 그래서 "구연하듯 읽어 주세요."라고 하면 겁을 먹거나 심한 부담을 느끼는 엄마들도 있는데, 예전에는 그랬을지 몰라도 요즘은 이야기 맥락에 어울리게 읽되, 자연스럽게 읽어 주는 추세입니다. 그러니 너무 부담 갖지 마세요.

(4) 정확한 발음(표준 발음)으로 읽어 주세요

'설마 우리말인데 내가 틀리게 읽기야 하겠어?' 하고 생각할 수 있지만 의외로 틀린 발음으로 읽는 낱말이 꽤 있습니다. 자신이 잘못 발음하고 있다는 것을 인식하지 못한 채 반복적으로 잘못 읽는 것이지요. 엄마들에게 『팥죽 할머니와 호랑이』의 일부를 읽어 보라고 했더니 많은 분이 "호랑아, 가을이 오면 이 팥을 거두어 팥죽을 쒀 줄게."라는 부분을 [호랑아 가을이 오면 이 파슬 거두어 팥쭈글 쒀 줄게]라고 읽었습니다. 이때 '팥을'은 [파슬]이라고 읽지 말고 [파틀]이라고 읽어야 합니다. 그런데 [파슬]이라고 읽은 엄마 대부분이 자신이 잘못 읽었다는 것을 인식하지 못했습니다. 유아기 아이들은 엄마가 읽어 주는 것을 듣고서 어떻게 읽는지 배우기 때문에 특별히 표준 발음에 신경 써서 읽어 주어야 합니다.

올바른 발음을 위해 꼭 알아야 할 발음 규칙

1. 연음법칙

자음으로 끝나는 음절에 모음으로 시작되는 형식 형태소가 이어질 때 앞 음절의 끝소리가 뒤에 나오는 음절의 첫소리가 된다.

단어	바른 발음	틀린 발음	단어	바른 발음	틀린 발음
꽃에	[꼬체]	꼬테	꽃을	[꼬츨]	꼬슬
꽃이	[꼬치]	꼬시	밭에	[바테]	바세
무릎을	[무르플]	무르블	빛을	[비즐]	비슬
깨끗이	[깨끄시]	깨끋치	부엌에	[부어케]	부어게

2. 구개음화

끝소리가 'ㄷ', 'ㅌ'인 낱말이 'ㅣ'와 만나면 'ㅈ', 'ㅊ'으로 소리 난다.

단어	바른 발음	단어	바른 발음
해돋이	[해도지]	굳이	[구지]
같이	[가치]	쇠붙이	[쇠부치]

*예외: 홑이불[혼니불], 밭이랑[반니랑]

3. 자음동화

자음과 자음이 만났을 때에는 발음하기 쉽게 한쪽이나 양쪽 모두 비슷한 소리로 바뀐다.

단어	바른 발음	단어	바른 발음	단어	바른 발음
국물	[궁물]	몫몫이	[몽목씨]	긁는	[긍는]
닫는	[단는]	짓는	[진는]	앞마당	[암마당]
상견례	[상견녜]	핥네	[할레]	담력	[담녁]
신라	[실라]	강릉	[강능]	칼날	[칼랄]

서로 다른 두 개의 자음으로 이루어진 받침은 둘 중 하나로 발음된다.

단어	바른 발음	단어	바른 발음	단어	바른 발음
값이	[갑시]	삯이	[삭시]	닭이	[달기]
값도	[갑또]	삯도	[삭또]	닭도	[닥또]
삶은	[살믄]	여덟	[여덜]	읊고	[읍꼬]
맑게	[말께]	많고	[만코]	늙지	[늑찌]

(5) 적당한 곳에서 쉬어 가며 읽어 주세요

다음은 『기차를 타고 창밖을 봐요』에 나오는 문장입니다.

이 많은 사람들은 모두 어디로 가는 걸까요? 혹시 나처럼 시골 마을
에 가는 사람도 있을까요?

이 문장을 어느 초등학교 3학년 학생은 아래와 같이 읽었습니다.

이마~안 은 사람들 은 (…) 모두 어디~~이 로 가는 걸까요? 혹시
나~ 처~럼 시골 마을에 가는 사람도 있을까요?

어떤 문제가 있는지 눈치챘나요? 초등학교 3학년 학생이지만 소
리 내어 읽는 것이 미숙하다 보니 엉뚱한 곳에서 띄어 읽거나 붙여
읽었습니다. 띄어쓰기를 제대로 하지 않으면 '아버지가 방에 들어가

신다.'가 '아버지 가방에 들어가신다.'로 의미가 완전히 달라집니다. 그래서 아이가 글자를 쓰기 시작하면 띄어쓰기의 중요성을 강조하지요. 띄어쓰기 못지않게 적절한 곳에서 끊어 읽거나 붙여 읽는 것은 글의 의미를 이해하는 데 매우 중요합니다.

초등학교 1학년 국어 시간에 언제, 어디서, 얼마나 쉬어 가며 읽는지 배우지만 평소 아이에게 책을 읽어 줄 때 이런 부분들을 조금만 신경 써서 읽어 주는 것만으로 충분히 미리 익힐 수 있습니다. 영어 공부할 때에도 애용되는 따라 읽기도 좋은 방법입니다. 위의 학생 역시 따라 읽는 연습을 통해 소리 내서 읽기가 유창해졌습니다.

3) 장르에 따른 책 읽어 주는 방법

(1) 이야기책

① 내용 그대로 실감나게 읽어 주기

책에 쓰인 글자 그대로 읽는, 기본적인 읽어 주기 방법입니다. 아이가 지금 글자를 익히는 중이라면 발음과 글자가 달라 혼동이 올 수도 있기 때문에 내용이나 낱말을 바꾸지 않고 그대로 읽어 주면 좋습니다. 대신 유아가 이해하기 어려운 낱말이 나오거나 문장이 매끄럽지 못할 경우에는 설명을 곁들여 읽어 주세요.

또 책의 내용은 그대로 읽어 주더라도 아이가 재미를 놓치지 않도록 등장인물의 성격, 상황에 맞추어 조금씩 목소리 연기를 해 가며 읽어 주면 더욱 실감 나지요. 등장인물의 성별, 나이, 성격 등에 따라 목소리를 적절히 바꿔 가며 읽으면 좋습니다.

다음은 『똥벼락』에 나오는 문장입니다.

이 문장처럼 유아기 아이들이 이해하기 어려운 낱말이 나올 때는 "밭에 영양분이 많아서 농사가 잘되는 밭을 기름진 밭이라고 해. 돌쇠 아버지는 하도 열심히 일해서 손에 피가 날 정도였대."라고 설명한 후 다음 문장으로 넘어가면 좋습니다.

② 원작을 훼손하지 않는 범위에서 각색하여 읽어 주기

주 독자가 유아인 그림책인데도 아이가 이해하지 못하는 어려운 낱말이 나오는 경우가 있습니다. 이럴 때에는 유아가 이해하기 쉬운 낱말로 바꾸어 읽어 주어야 합니다. 비교육적이고 어색한 문장이 나오기도 하는데 듣는 사람의 수준에 맞게 고쳐야겠지요. 또 내용이 길거나 문어체인 경우에도 적절하게 내용을 요약하거나 구어체로 바꾸어서 읽어 주는 편이 바람직합니다.

다음은 『앵무새 열 마리』에 나오는 문장입니다.

‘마침내’는 유아기 아이가 이해하기 어려운 낱말입니다. 그러니 아이가 알 수 있는 다른 말로 대체해서 읽어 주세요. 이를테면 ‘마침내’를 ‘드디어’로 바꾸어 읽어 주는 것이지요. 그리고 ‘머리가 돌아 버린다’는 표현은 교육적으로 썩 좋은 표현이 아닙니다. 그러니 아이에게는 적당한 말로 순화시켜 읽어 주세요. 이를테면 “앵무새들은 똑같은 말을 다시는 듣고 싶지 않았어요.”나 “앵무새들은 뒤퐁 교수가 똑같은 말을 한 번 더 한다면 귀를 막아야겠다고 생각했지요.”라고요.

그리고 반복되는 문장, 흉내말이 나오면 아이를 동참시켜 보세요. 다음은 『팥죽 할머니와 호랑이』의 한 부분입니다.

『팥죽 할머니와 호랑이』를 읽다 보면 ‘할멈, 할멈 팥죽할멈’이라는 말이 계속 나옵니다. 이럴 때 그 부분에서 엄마가 잠깐 쉬어 주면 아이가 알아서 "할멈, 할멈 팥죽할멈" 하고 참여하지요. 그렇지 않을 때는 엄마가 "○○이가 '할멈, 할멈 팥죽할멈'이라고 해 볼래?" 하고 아이가 참여하도록 유도합니다. 그러면 아이는 아주 흥미롭게 참여할 뿐만이 아니라 책 읽는 재미도 배가된답니다.

> 할머니가 훌쩍 훌쩍 울면서 팥죽을 쑤고 있는데
> 이번에는 밤이 폴짝폴짝 뛰어오더니
> **"할멈, 할멈 팥죽할멈.** 왜 이렇게 울고 있나요?" 하고 물었어.
> "이 팥죽을 다 먹고 나면 호랑이가 나를 잡아먹는단다. 에고 에고."
> **"할멈, 할멈 팥죽할멈.** 팥죽 한 그릇 주면 호랑이가 못 잡아먹게
> 해 주지."

이렇게 말이지요. 몇 번 읽어 주면 "할멈, 할멈 팥죽할멈. 왜 이러게 울고 있나요?"까지 아이가 알아서 척척 읽어 내겠지요?

③ 아이의 수준과 반응에 맞추어 그림 위주로 소통하며 읽어 주기

책에 재미있는 이야기가 있다는 것을 알아 가는 단계인 4세 전후의 아이에게는 책 내용에 너무 얽매이기보다는 아이의 반응을 살피며 읽어 주세요. 책 내용을 빠짐없이 읽어 주지 않아도 아이는 충분히 재미있어 합니다. 목적은 달성한 셈이지요. 그리고 내용을 확 줄여 그림 위주로 이야기해 주세요. 이 시기 아이들은 자신이 흥미를

느끼는 장면을 반복해서 보는 것을 즐기며 같은 질문을 계속하기도 합니다. 아이의 수준과 반응에 맞추어 몇 장씩 건너뛰거나 또는 앞에 읽었던 것을 반복해서 읽을 수도 있습니다. 어떤 때는 그림만 보면서 넘겨 읽기도 하지요.

다음은 『큰눈이네 연못 마을』을 읽은 지율이와 엄마의 대화입니다.

지율: 엄마, 올챙이! 올챙이가 수영하고 있어.

엄마: 정말. 올챙이가 헤엄치고 있네.

지율: (손가락으로 물풀을 짚으며) 근데 이건 뭐야?

엄마: 응. 이건 물풀이야. 물에서 자라는 풀.

지율: 이것도 물풀, 이것도 물풀.

엄마: 그렇지. 올챙이들이 헤엄치고 있을 때 햇살이 물풀 사이로 이

렇게 쏟아져서 물속이 환해지는 것을 보고 "와, 이건 뭐지?"

하고 궁금했대.

지율: 엄마, 얘가 큰눈이 올챙이지?

엄마: 그렇지.

지율: 엄마, 얘는 눈이 커다라니까 큰눈이 올챙이지?

엄마: 그렇지. 눈이 크니까 큰눈이 올챙이지. 햇살이 쏟아져서 물속

이 환해지는 것을 보고 큰눈이 올챙이가 뭐라고 했다고?

지율: "이건 뭐지?"

엄마: 큰눈이 올챙이는 물 밖 세상이 너무 궁금했대.

지율: (개구리를 가리키며) 엄마, 개구리

엄마: 응. 올챙이가 자라서 개구리가 됐네.

지율: 개울가에 올챙이 한 마리, 꼬물꼬물~~. (율동하며 어린이집

에서 배운 동요를 엄마와 함께 부른다.)

엄마: 큰눈이 올챙이가 드디어 개구리가 됐다. 그치? 개구리가 된

큰눈이는 물 밖 세상으로 나갈 수 있을까요, 없을까요?

지율: 있어!

엄마: 있어? 어떻게?

지율: (개구리를 흉내 내며) 이렇게 개굴개굴.

(2) 지식 책 읽어 주기

지식을 담고 있는 책은 읽어 주는 사람이 마음대로 책 내용을 바꾸어 읽어 주기에 적당하지 않습니다. 다만 유아들이 읽는 지식 책은 전달력을 높이기 위해 이야기 안에 필요한 정보를 녹여 놓은 경우가 많으니 이야기책을 읽어 줄 때처럼 하세요. 그래도 지식 전달은 정확하게 해야겠지요.

전략적으로

책

읽기

READING

유아기 자녀를 둔 주위 엄마들을 보면 내 아이에게 좋은 독서습관을 심어주기 위해서 정말 많은 노력을 합니다. 목이 아플 정도로 열심히 책을 읽어 주고, 얇은 주머니를 털어 책도 많이 사 줍니다. 또 보고 싶은 TV 프로그램이 있어도 참고 자녀가 잠들 때까지 책을 읽어 주는 쪽을 택하지요. 쉬운 일이 아닙니다. 그럼에도 엄마들이 이러한 노력을 기꺼이 하는 이유는 유아기 때 책 읽는 습관 잡기가 그만큼 중요하다는 것을 잘 알고 있기 때문입니다.

그리고 엄마들은 아이의 책 읽기 습관을 위해 많은 공을 들였으니 아이가 학교에 들어가면서부터는 스스로 책을 찾아 읽겠지 기대하지요. 그런데 초등학교 이상의 아이들 중에는 그다지 책을 좋아하지 않거나, 읽어도 내용을 제대로 이해하지 못하고, 책을 읽은 후에 자신의 감상을 표현하는 데 서툰 아이가 많습니다. 이상한 일이지요? 갈수록 독서 능력이 향상되어야 하는데 그렇지 못한 이유는 두 가지입니다. 엄마가 아이 수준에 맞지 않은 책을 골라 주는 바람에 재미없어서 자연스럽게 책과 멀어졌거나, 생각하며 읽는 방법을 몰라 그냥 읽기만 반복했기 때문입니다.

책을 읽는 것은 단순히 글자만 읽는 게 아니라 글의 의미를 이해하고, 자기가 이미 알고 있는 것들을 활용해서 반응하고, 나아가 의미를 재구성하는 과정입니다. 책을 효과적으로 읽으려면 무엇보다 책 읽는 방법을 잘 알고 있어야 합니다. 이것을 '독서 전략'이라고 합니다. 이 독서 전략을 책 읽기에 어려움을 느끼기 시작하는 초등학교 3~4학년이 되어서야 가르치려고 하면 유아기 때보다 훨씬 어렵고 시간 또한 많이 투자해야 합니다. 그러나 유아기에는 엄마가 책을 읽어 주면서 아이 스스로 자연스럽게 독서 전략을 익혀 가도록 할 수 있습니다. 그렇기 때문에 유아기 때 '독서 전략'을 익히는 것이 좋습니다.

'전략'이라니까 거창하게 느껴지나요? 어려울 것 같고, 전략을 가르치다가 자칫 아이가 책 읽기의 흥미까지 놓치게 될까 걱정이라고요? 그런 걱정은 하지 마세요. 지금까지 엄마가 아이에게 재미있게 책을 읽어 주기 위해 노력했던 방법이 있다면, 그것이 바로 '독서 전략'이니까요. 다만 지금 그것들을 보다 체계화해서 설명하려는 것입니다. 독서 전략은 책을 더 재미있게, 알차게 읽어 주는 방법이랍니다.

1) 동기 유발하기

동기 유발하기는 책을 읽고 싶은 마음이 들게 만드는 것입니다. '이 책이 읽고 싶다.', '이 책은 재미있을 것 같다.'는 생각과 함께 책장을 열게 하는 힘이며, 끝까지 읽어 내게 하는 힘입니다. 부뚜막의 소금도 넣어야 짜다는 말처럼 아무리 좋은 책이라도 읽지 않으면 소용없지요. 가장 좋은 동기는 아이가 자발적으로 읽고 싶어 하는 것입니다. 그러나 아이가 자발적으로 좋아하는 책을 읽어 달라고 할 때까지는 엄마의 다각적이고도 지속적인 노력이 필요합니다. 동기 유발을 위한 일반 원리를 살펴보겠습니다.

(1) 책 내용의 일부를 말해 주고 다음 이야기 궁금하게 만들기

엄마: 『동생 돌보기는 정말 힘들어』는 '틴'이라는 아이가 하루 동안 동생을 돌보면서 일어난 이야기래. 동생을 돌보면서 무슨 일이 있었기에 정말 힘들다고 했을지 궁금하지?

(2) 표지를 보면서 책 내용 궁금하게 만들기

엄마: 어머, 두더지 머리 위에 누가 똥을 쌌네. 두더지가 지금 무엇을 하는 것 같아?

아이: 화가 나서 혼내 주려고 가고 있어.

엄마: 그렇구나. 누가 두더지 머리에 똥을 쌌는지 따라가 볼까?

『누가 내 머리에 똥 쌌어?』

(3) 책의 유용성 말해 주기

『빗방울의 여행』

엄마: 하늘에서 내리는 비는 어떻게 만들
어질까? 하늘에서 내린 빗방울들은
모두 어디로 가는 것일까? 이 책을
보면 빗방울에 대한 모든 것을 알 수
있어.

(4) 책과 연관된 배경지식 충분히 끌어내기

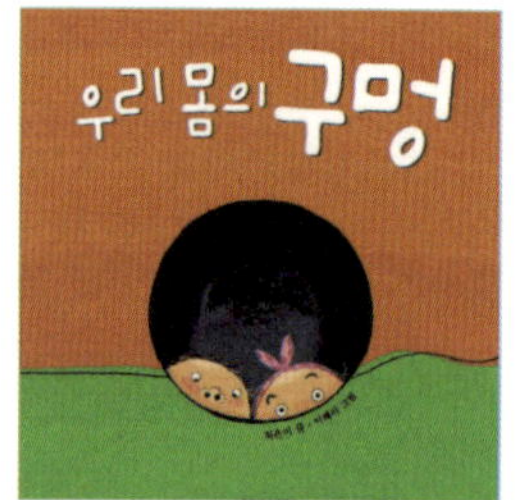

『우리 몸의 구멍』

엄마: 이 책 이름은 '우리 몸의 구멍'이야.
이 아이들은 무엇을 보고 있는 걸까?

아이: 똥구멍!

엄마: 아, 똥구멍? 호호. 그리고 또 우리 몸
에는 어떤 구멍이 있지?

2) 배경 지식 활성화하기

읽고자 하는 책의 내용과 관련하여 아이가 갖고 있는 지식이나 경험
전체를 '배경지식'이라고 합니다. 책을 읽을 때 아이의 배경지식을 동
원하면 내용을 이해하는 데 도움을 받을 수 있습니다.

배경지식은 특히 지식 책을 읽을 때 새로 접하는 내용이 자기 수준
에서 다소 어렵더라도 낯설지 않게 그것을 받아들일 수 있게 해 줍니
다. 물론 이야기책을 읽을 때에도 배경지식은 힘을 발휘합니다. 예를

들어 생일에 나이를 한 살 먹으면 갑자기 '형'이 될 것 같았는데 막상 달라지지 않아 실망한 적이 있었다면 『두근두근 다섯 살』을 읽으면서 주인공의 심정이 자기 마음 같다고 느낄 것입니다. 아이는 등장인물과 자신을 동일시하면서 이야기에 더욱 몰입할 것이고, 당연히 이해도도 높아집니다.

그러니까 배경지식은 많으면 많을수록 좋겠지요? 배경지식을 풍성하게 하는 방법은 무엇일까요? '책 많이 읽기'라고요? 그렇습니다. 책을 많이 읽으면 배경지식이 많아지겠지요. '『주먹이』에서 할머니와 할아버지가 부처님한테 빌어서 주먹이를 얻었지.', '『머리부터 꼬리까지 멋쟁이 공룡들』에서 봤는데 티라노사우루스는 물어뜯는 힘이 악어보다 열 배는 세다고 했어.'처럼 책을 통해 얻은 지식은 다른 책을 읽을 때에도 도움을 줄 것입니다.

3) 예측하기

예측하기에는 책을 읽기 전에 표지와 제목을 보고 책에 어떤 내용이 있을지를 예측하는 것과, 책을 읽어 가면서 지금까지 읽은 내용을 단서로 하여 다음에 어떤 내용이 나올지를 생각하며 읽는 것이 있습니다. 앞의 것은 동기 부여의 한 방법입니다. 예측하며 읽으면 자신이 예측한 것과 책 내용을 확인하며 읽는 재미가 있으며, 한 번씩 내용을 간추리는 효과가 있어 책 내용을 기억하고 이해하는 데 큰 도움을 줍니다. 예측하고 확인하며 읽는 자세는 '능동적인 책 읽기'의 기본이지요.

다음에 이어질 내용을 예측할 때 사용하는 방법에는 여러 가지가 있습니다.

(1) 이어질 문장 예측하기

다음은 『앵무새 열 마리』에 나오는 내용입니다.

샤워를 하고 이를 닦았는데,

이건 늘 하던 일이지요.

그리고 옷을 입고 넥타이를 맸는데

이것도 늘 하던 일이지요.

그리고 안경을 썼는데,

"이것도 늘 하던 일이지요."

주인공이 하는 행동들은 늘 하던 행동입니다. 아이는 반복되는 문장을 보고 '그리고 안경을 썼는데', 다음에 '이것도 늘 하던 일이지요.'라는 문장이 나올 것임을 예측해서 말할 수 있습니다.

(2) 반복되는 내용 예측하기

다음은 『팥죽 할머니와 호랑이』에 나오는 내용입니다.

"팥죽 한 그릇 주면 호랑이가 잡아먹지 않게 해 주지."

아이는 이미 '밤톨', '자라', '똥', 그리고 '송곳'이 할머니에게 "팥죽 한 그릇 주면 호랑이가 안 잡아먹게 해 주지."라고 말한 뒤 할머니가 준 팥죽을 먹고 나서 자기가 숨을 만한 곳을 찾아 숨었다는 것을 알고 있습니다. 그렇기 때문에 절구가 왔을 때도 역시 그와 같은 이야기가 반복되어 전개될 것임을 예측할 수 있습니다.

(3) 책 제목이나 표지를 보고 내용 예측하기

큰 글씨의 '응급 처치'라는 글자와 그보다 작은 글씨의 '다쳤을 때는 어떡할까?'로 구성된 책 제목과 손가락에 반창고를 붙인 아이 그림을 보고서 책 속에 갑자기 다치거나 아플 때 병원에 가기 전에 치료하는 방법이 나올 것임을 예측할 수 있습니다.

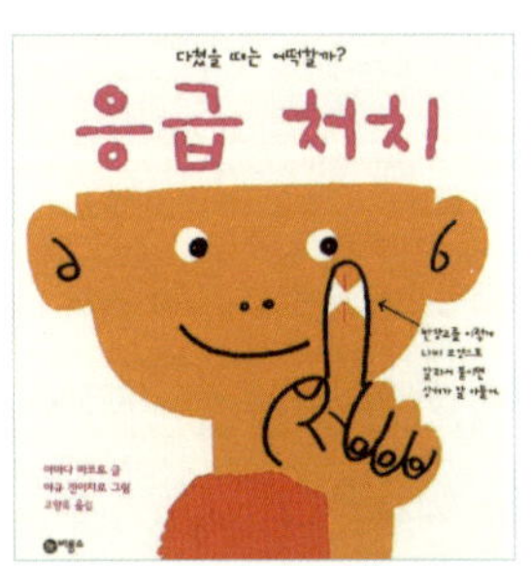

4) 어휘력 키우기

어휘력은 독서 능력을 좌우합니다. 어휘는 문장을 이해하기 위한 가장 기본적이고 필수적인 요소지요. 알고 있는 어휘가 얼마나 많은가에 따라 말하고 듣고 읽는 능력의 차이가 확연하게 나타납니다. 알고 있는 어휘가 '많으면 많을수록' 새로 알아 가는 어휘가 많아집니다. 이를테면 '학교'라는 낱말을 배우면 학교와 연관된 '배우다', '선생님', '학생', '공부', '책상', '교실' 등의 낱말을 포괄적으로 알 수 있기 때문입니다.

유아기는 생의 전 시기를 통틀어 어휘력이 가장 활발하게 늘어나는 시기입니다. 그렇기 때문에 엄마는 아이가 많은 어휘를 접할 기회를 마련해 주어야 합니다. 유아의 어휘력 향상에 가장 큰 영향을 미치는 사람은 바로 엄마입니다. 그런데 가만히 엄마가 아이에게 사용하는 어휘가 몇 개나 될까 생각하면 '아이쿠!' 싶습니다. "아침이다, 일어나라.", "양치하자.", "골고루 먹어야지.", "늦었네, 유치원 차 기다리겠다.", "아이고, 잘했네.", "사랑해." 등 정말 몇 안 되는 낱말로 하루의 대화가 이루어지고 있으니 말입니다. 이런 일상적인 대화만으로는 아이의 어휘력을 키우기 어렵습니다. 그렇기 때문에 책을 통해 새롭고 좋은 말들을 배워야 합니다. 그리고 책에서 배운 말들은 특별히 신경 써서 딱 맞는 상황이 왔을 때 사용함으로써 아이가 그 말에 익숙해지게 해 주어야 합니다. 이를 통해 아이는 책에서 새롭게 배운 말을 자유롭게 사용할 수 있을 것입니다.

이제 책을 통해 새로운 낱말을 익히는 방법을 살펴보겠습니다.

(1) 직접 알려 주기

유아부터 초등학교 저학년까지 많이 쓰는 방법입니다. 책을 읽으면서 모르는 낱말이 나오면 그때마다 설명해 줍니다. 사전적인 의미는 유아 수준에서 이해하기 어려우니 아이가 잘 이해할 수 있는 수준으로 풀어 설명합니다. 그리고 해당 단어가 사용되는 다양한 예를 들어 주면 좋습니다. 실제로 그 말이 어떤 상황에서 쓰이는지를 알아야 적시에 사용할 수 있습니다. 하나의 낱말을 안다는 것은 필요할 때 그 낱말을 사용할 수 있다는 의미입니다.

(2) 책 속의 그림을 보고 뜻 알아차리기

예를 들어 책에서 송곳 그림이 나오는 장면을 아이에게 보여 주며 "이게 송곳이야. 뾰족해서 구멍을 뚫을 때 사용하지. 뾰족한 송곳이 호랑이 엉덩이를 찔렀네. 정말 아프겠다."라고 하면 말로만 듣는 것보다 '송곳'이 무엇인지 훨씬 잘 이해합니다.

(3) 낱말의 짜임을 보고 뜻 이해하기

예를 들어 "숲에서 신나게 놀자 곰돌이의 온몸은 낙엽 **'투성이'**가 되었어요."라는 문장에서 '투성이'는 접미사로, 어떤 것이 너무 많은 상태를 말하지요.

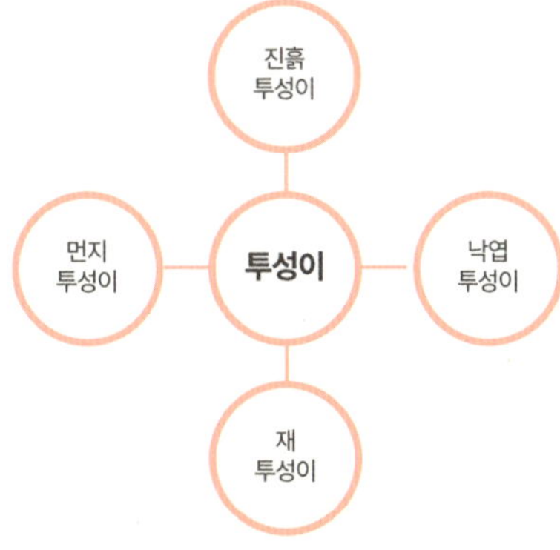

이처럼 '투성이'가 붙는 단어들이 여러 개 있다는 것을 알려 주고 생활 속에서 자주 사용하도록 노력해야 합니다. 그래야 아이도 그 말을 자유자재로 활용할 수 있습니다. 색종이에 풀칠을 하다 손에 풀이 잔뜩 묻으면 "손이 풀투성이가 되었네."라고 말해 주는 것처럼 말이죠.

(4) 문맥을 통해 뜻 추론하기

문맥과 상황 맥락을 통해 어휘를 알아 가는 것이 어휘를 익히는 일반적이면서도 가장 좋은 방법입니다. 아기가 주위에서 하는 말을 듣고 차츰 그것의 의미를 깨닫는 이치 역시 상황 맥락에서 여러 차례 그 단어를 들었기 때문입니다. 맥락을 통해 뜻을 알아 가는 것이 중요한 이유 중 하나는 우리말은 동음이의어와 다의어가 많기 때문입니다. 그래서 아이가 낱말의 뜻을 물을 때는 반드시 그 낱말이 사용된 문장을 보고 의미를 정확하게 알려 주어야 합니다. 다음과 같은 상황이 벌어질 수도 있기 때문이죠.

아이: 이슬이 뭐예요?

엄마: 이슬은 풀잎이나 나뭇잎에 맺히는 물방울을 말하지.

아이: 아니, 그거 말고 이슬이 뭐예요?

엄마: 어디, 무엇을 보고 이슬이라고 하는지 보자. (아이가 보여 준 것은 "공주의 눈에는 이슬방울이 맺혔습니다."라는 문장이다.)

(5) 그 외의 방법

이외에도 실물 보여 주기, 유의어와 반의어 찾기, 사전 찾기 등이 있습니다.

5) 중심 내용 찾기와 간추리기

(1) 중심 내용 찾기

책을 매개로 독자와 저자가 소통하는 것이 독서입니다. 독자는 저자가 글을 통해 독자에게 전하고자 하는 생각인 중심 내용을 알아야 진정한 소통을 할 수 있지요. 중심 생각은 글 속에 감추어져 있을 때도 있고, 문장으로 드러나기도 합니다. 이야기로 된 글에서는 등장인물과 이야기의 배경, 등장인물을 둘러싼 사건의 진행 과정을 파악하면 중심 내용을 알 수 있습니다.

연습하기

책 제목: 팔려 가는 당나귀

주인공: 아버지, 아들

배경: 때-옛날 / 장소-어느 마을

주인공에게 생긴 문제 또는 사건: 아버지와 아들이 시장에 당나귀를 팔러 가는 도중에 만나는 사람마다 누가 당나귀를 탈 것인가에 대한 생각이 달라서 그때마다 사람들의 말에 따르다 당나귀를 물에 빠뜨린다.

문제를 어떻게 해결할 수 있는가: 다른 사람의 말에 좌우되지 말고 내 생각대

---

(2) 줄거리 간추리기

책을 읽고 줄거리를 간추리는 방법에는 여러 가지가 있습니다. 주요 장면을 담은 그림을 통한 간추리기, 등장인물이 자신에게 생긴 문제를 해결하는 과정을 따라가며 간추리기, 단서가 되는 그림이 알려 주는 주요 정보를 말하면서 간추리기 등이 있습니다. 책을 읽은 후에 줄거리를 간추리는 것은 초등학생에게도 까다로운 일입니다. 그러나 유아기 때부터 구조가 간단하고 짧은 이야기로 된 그림책을 읽고 줄거리를 간추리는 것부터 하나씩 시작하여 연습하다 보면 나중에는 길고 복잡한 글을 간추리는 것도 쉽게 할 수 있습니다. 이야기의 뼈대는 짧은 글이나 긴 글이나 같습니다. 줄거리를 간추리면서 글의 구조를 파악하면 작가가 독자에게 전하고 싶은 생각을 알 수 있습니다.

6) 내용 이해하기

책을 읽은 후에는 아이가 책의 내용을 충분히 이해했는지 확인할 필요가 있습니다. 유아들은 책을 읽어 주는 처음부터 끝까지 집중하기도 하지만 때에 따라 그렇지 못하는 경우도 있으니까요. 잠깐 다른 생각에 빠졌다가 다시 집중할 때도 있지요. 책을 읽는 도중에 어떤 그림 하나에 푹 빠져서, 어느 시점부터 내용이 어렵거나 재미가 없어서 등 이유는 다양합니다. 그렇게 다른 것에 빠지면 책 내용과 자꾸 동떨어지지요. 그렇기 때문에 아이가 책 내용을 제대로 이해했는지 알 필요가 있습니다. 그런데 '이해'라는 것은 머릿속에서 이루어지기에 확인 방법이 없다는 게 문제입니다.

보통은 아이가 책을 읽고 "재미있다."고 말하면 책 내용을 잘 이해했다고 생각합니다. 그러나 아이의 재미있다는 말은 때에 따라 그냥 하는 말일 수 있습니다. 그래서 질문을 통해 아이의 이해 정도를 확인해야 합니다. 하지만 아이들은 책을 읽은 후에 엄마가 자신에게 질문하는 것을 그다지 좋아하지 않습니다. 엄마가 아이의 대답을 듣고 잘했다고 칭찬해 주지 않고, 더 말해 보라고 하거나 틀렸으니 다시 생각해 보라는 등의 지적을 하기 때문입니다. 아이가 질문을 좋아하게 만들려면 우선 아이가 자신 있게 대답할 수 있는 질문부터 하세요. 그러면 아이는 자신감이 생겨 책만 읽고 나면 엄마에게 자꾸 물어보라고 한답니다. 또 하나의 방법은 아이에게 묻기 전에 엄마가 먼저 아이 수준에서 답해 보는 것입니다. 가끔 엄마는 아이가 답하기 어려운 질문을 할 때가 있는데 '아이 수준에서 미리 대답해 보기'는 이와 같은 실수를 줄여 줍니다.

* 질문 사례는 2장 '연령에 따른 독서 코칭' 중 6세의 독서력 발달 정도에서 '이야기를 듣고 질문에 맞게 대답한다'를 참고하세요.

7) 비판적으로 생각하기

책을 읽은 후에는 책의 내용에 대해 다양한 관점에서 생각해 보는 것이 중요합니다. 등장인물은 왜 그런 행동을 했을까? 다른 방법은 없을까? 등장인물의 행동이나 말을 통해 인물의 성격을 파악하고 그로 인해 어떤 일들이 벌어졌는지도 생각해 보는 것이죠. 또 책 내용에 대해 토의나 토론을 할 수도 있습니다.

8) 창의적으로 생각하기

책 내용과 관련하여 창의적으로 적용 활동을 할 수도 있습니다. 자기 생활과 관련 지어 '만약 나라면 어땠을까?' 생각해 보는 것이죠. 또한 만들기, 상상하기, 연극하기 등과 같은 새로운 방법으로 책과 놀아 보기도 합니다. 이런 활동들은 책의 내용을 충분히 이해하고 재해석할 기회를 제공합니다.

전략적인
책 읽기의
적용

READING

지금까지 독서 전략이 무엇인지와 그것이 왜 중요한지를 살펴봤습니다. 이제부터는 독서 전략을 적용하여 책을 읽어 보겠습니다. 독서 전략 적용 사례는 '책을 읽기 전', '책을 읽으며', '책을 읽은 후'의 세 단계로 나누어 설명하겠습니다. 다만 이는 하나의 기준을 보여 주기 위한 사례입니다. 단계별로 적용시킨 전략들은 책에 따라 순서를 바꿀 수도 있고, 어떤 것은

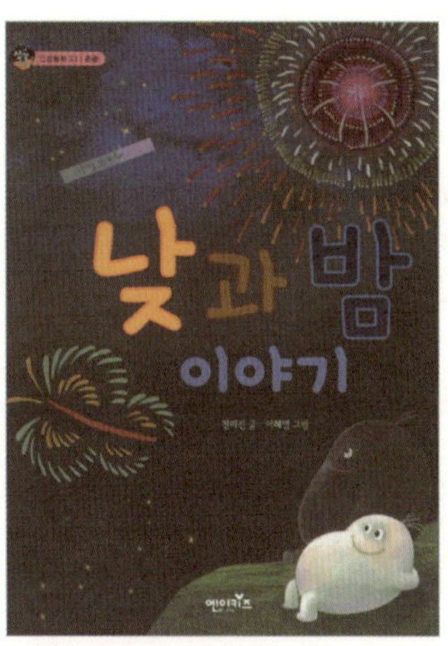

『낮과 밤 이야기』(대상 연령 6~7세)

생략할 수도 있습니다.

『낮과 밤 이야기』는 낮과 밤이 자기가 가진 것들이 얼마나 멋지고 아름다운지 모르고 서로를 마냥 부러워하는 이야기입니다. 이 책을 읽는 동안 내 것보다 남의 것이 좋아 보이지만 남의 것 못지않게 내가 가진 것이 귀하고 소중함을 깨달을 수 있습니다.

1) 책을 읽기 전
〈배경지식 활성화와 동기 유발〉

(1) 남의 것이 좋아 보여요

◇ 다른 사람이 가지고 있는 것이 좋아 보여서 부러웠던 적이 있나요?

아이가 자신의 친구나 형제자매가 가지고 있는 것을 자신이 가지고 있는 것보다 좋다고 생각하는 경우가 많이 있습니다. 그렇다면 언제, 어떤 것이 더 좋아 보였는지, 아이와 이야기 나누어 보세요. 물건이 아니어도 괜찮습니다. 다른 사람의 외모나 재능을 부러워할 수도 있으니까요. 아이와 차근히 이야기 나누다 보면 다른 사람이 나보다 나아 보일 수도 있지만 나 역시 좋은 것, 장점이 많다는 것을 깨달을 것입니다.

(2) 앞표지와 뒤표지를 보면서 이야기를 나누어요

◇ 이 그림은 어떤 장면일까요?

◇ 그림 속 이 아이들은 누구일까요? 왜 그렇게 생각하는지 이유도 말해 보세요.

앞표지와 뒤표지를 보면서 어떤 장면인지 아이와 이야기 나누어 보세요. 또 함께 불꽃놀이를 보고, 꽃밭에서 놀고 있는 아이들을 가리키며 "이 아이들은 누구일까?" 하고 물어보세요. 아이의 대답에 왜 그렇게 생각하는지를 함께 질문하면 좋겠지요. 아이가 엄마, 아빠와 함께 불꽃놀이 구경을 해 본 적이 있다면 더욱 신나 하며 이야기하겠네요. 아이들은 밤은 까만색이니까 '까망이', 낮은 하얀색이니까 '하양이'라고 답할 수 있습니다. 그렇다고 굳이 정정해 줄 필요는 없습니다. 책을 읽어 가면 자연히 알게 될 테니까요. 눈치 빠른 아이는 제목을 보고서 "여기는 밤이고, 여기는 낮이네." 하고 말할 수도 있겠네요.

(3) 책 내용을 예측해 봐요

◇ 그림 속 아이들은 무슨 생각을 하는 것일까요?

◇ 책에는 어떤 내용이 나올까요?

앞표지와 뒤표지, 그리고 제목에 이어 속지 역시 어느 정도 책의 내용을 암시합니다. 아이가 그것을 알아채도 좋고 그렇지 않아도 그만입니다. 아이에게 표지와 속지를 보고 자신이 생각한 내용을 바탕으로 책 내용을 예측하여 말하도록 해 봅니다. 아이가 쉽게 이야기를 꺼내지 못한다면 엄마가 먼저 "낮과 밤 가운데 언제가 더 좋아?" 물어보세요. 이때 그렇게 생각하는 이유도 함께 말하도록 해야겠지요? 이유를 생각하다 보면 실마리가 잡힐 테니까요.

2) 책을 읽으며

〈다음 내용 예측하기와 떠오르는 생각 표현하기〉

(1) 다음 내용을 예측해 봐요

◇ 낮처럼 시끌벅적 신나는 숲을 갖고 싶다는 밤에게 낮은 뭐라고 할까요? 왜 그렇게 생각하는지도 함께 이야기해 보세요.

밤은 낮에게 "나도 너와 같은 것을 갖고 싶어."라고 말합니다. 낮도 밤과 같은 마음인데 말이죠. 아이에게 밤이 가지고 있는 것들을 낮 역시 얼마나 부러워하고 있는지 생각해 볼 수 있게 해 주세요. 그리고 아이와 함께 밤이 갖고 있는 아름다운 것들을 하나씩 주고받으며 이야기해 보세요.

◇ 낮과 밤은 서로 자신이 갖고 있는 것 중에 가장 예쁜 것을 바꾸기로 했지요. 그런데 낮과 밤은 무엇을 주어야 할지 고민에 빠지고 말았어요. 낮과 밤은 어떻게 할까요? 왜 그렇게 생각하는지도 함께 이야기해 보세요.

막상 자기가 가지고 있는 것들 중에 하나를 골라서 남에게 주려다 보니 어떤 것도 귀하지 않은 게 없네요. 아이에게 애지중지하는 것들 중에서 하나를 골라 다른 사람에게 주어야 한다면 무엇을 줄 수 있을지 골라 보게 하세요. 낮과 밤의 마음을 잘 이해할 수 있을 것입니다.

(2) 잠깐 멈추어 생각해요

책을 읽다가 잠시 멈추어 아이의 생각을 묻고 이야기를 나누어 보세요. '잠깐 멈추어 생각하기'는 책을 풍요롭게 감상하는 방법입니다.

① 연습하기1

STOP) 책 읽기를 잠깐 멈추고 아래 그림을 자세히 보세요.

낮이 멋진 밤하늘을 보며 갖고 싶어하는 장면.

THINK) 어떤 생각이 드나요?

SPEAK) 생각을 말해 보세요.

예: 낮도 좋은 것들이 많은데 왜 밤을 부러워하지?

② 연습하기2

STOP) 책 읽기를 잠깐 멈추고 아래 그림을 자세히 보세요.

밤과 낮이 서로가 갖고 있는 가장 예쁜 것을 하나씩 가지고 나와 바꾸기로 약속하는 장면.

THINK) 어떤 생각이 드나요?

SPEAK) 생각한 것을 말해 보세요.

예: 낮과 밤은 어떤 것을 가지고 올까? 나라면 주고 싶은 것이

　　하나도 없을 것 같은데.

3) 책을 읽은 후
〈새로운 낱말 익히기〉

그림책을 읽다 보면 생각보다 유아가 이해하기에 어려운 낱말이

꽤 있음을 발견합니다. 이럴 때는 아이에게 읽어 주기 전에 엄마가

책을 가볍게 한번 읽어 보고 아이가 이해하기에 어려운 말을 골라냅니다. 그중 아이가 '확실하게는 모르지만 들어 봤음직한 낱말', '지금은 모르지만 배워서 사용했으면 하는 낱말'의 순으로 익히도록 합니다. 그리고 아이에게 너무 어려운 낱말은 억지로 가르치려고 하지 말고 쉬운 말로 대체하여 알려 준 다음에 아이 수준이 높아졌을 때 확실히 배울 기회를 만듭니다.

(1) 6쪽에 나오는 '소란스럽다'

◇ 그림을 보면서 어떤 장면인지 말해 보세요. 그리고 '소란스럽다'는 말 대신 어떤 말을 쓸 수 있는지 말해 보세요.

그림을 보면서 어떤 장면인지 아이와 함께 이야기 나눕니다. 어딘가를 향해 가는 사람들이 보이네요. "이 사람은 빨리 어디를 가는 것 같아. 아주 바빠 보이네.", "사람들이 서로 이야기를 나누고, 차들이

다니면 어떨까?", "시끄럽겠다." 등의 말들이죠. 그러고 나서 "시끄러운 것을 다른 말로 '소란스럽다'라고도 해."라고 말해 줍니다.

◇ 다음 문장에서 '소란스럽다'와 반대되는 낱말을 찾아보세요.

나는 햇살이 밝게 빛나는 낮이 부러워. 밤은 너무 어둡고 **조용하잖아.**

『낮과 밤 이야기』는 계속하여 낮과 밤을 대조하면서 이야기를 진행합니다. 잘 알고 있는 낱말과 반대되는 낱말을 찾으면 애매했던 낱말의 뜻을 확실하게 알 수 있습니다.

◇ '소란스럽다'라는 낱말이 들어가는 문장을 만들어 보세요.
이제 아이가 '소란스럽다'라는 낱말을 제대로 익힐 수 있게 예문을 만들어 줍니다. 아이도 하나 만들어 볼 수 있다면 좋겠지만 강요는 마세요. 엄마가 많은 예를 들어 주고 이 낱말을 쓰기 적당한 때를 놓치지 말고 사용해 주면 곧 따라할 테니까요.

- 엄마가 마트에 갔는데 한쪽에 사람들이 많이 모여 있고 아주 **소란스럽더라.** 왜 그런가 가서 봤더니 2,000원이던 아이스크림을 200원에 팔고 있는 거야.
- 유치원에서 선생님이 안 계실 때 영식이랑 태민이랑 막 때리면서 싸웠어. 그래서 **소란스러웠어.**

낮에는 아이들의 즐거운 웃음소리가 넘쳐. 연날리기, 공놀이를 하는
아이들로 **왁자지껄하지**.

◇ 그림과 문장을 보면서 '왁자지껄하다'는 어떤 상태를 말하는 것
인지 이야기해 보세요.

아이들이 무엇을 하고 놀고 있는지 말해 보게 하세요. 또 놀이터에
아이들이 많이 나와 떠들썩하게 놀고 있는 모습을 연상하게 하고, 그
런 모습을 '왁자지껄하다'라고 한다고 말해 주세요. 아이가 '왁자지
껄하다'와 '소란스럽다'가 비슷하다는 것을 발견하면 좋겠지요? 엄마
가 말해 주어도 좋습니다. 역시 예문을 잊지 마세요. 아이들에게 새
로운 낱말을 익히게 할 때에는 사전적인 뜻을 알려 주는 것보다 상황
속에서 여러 번 접하면서 익히면 좋습니다.

- **왁자지껄한** 소리에 무슨 일인가 싶어 나가 봤더니 잃어버린 줄

알았던 바둑이가 돌아왔네.

– 남자아이들이 여럿 모이니까 확실히 **왁자지껄하구나.**

(3) 18쪽에 나오는 '근사하다'

그보다는 밤의 바다가 더 **근사하지.** 커다란 등대가 멀리까지 밝은 빛을 비추고, 고깃배들은 불을 켜고 싱싱한 고기를 잡아 올려. 마치 어둠 속에 빛나는 별들이 떠 있는 것 같잖아? 나도 밤처럼 아름다운 바다를 가지고 싶어.

◇ 낮은 밤의 어떤 모습을 '근사하다'고 하나요? 그림도 보며 이야기를 나누어요.

낱말의 앞뒤에 나오는 문장을 읽으면 그 낱말의 의미를 터득할 수 있습니다. 아이와 함께 그림을 보고 문장을 다시 읽어 가면서 '아, 밤바다의 이런 모습을 낮이 근사하다고 했구나.' 생각할 수 있습니다.

◇ 알고 있는 낱말들 중에 '근사하다'는 말 대신에 사용할 수 있는 말이 있는지 찾아보세요.

'근사하다'라는 낱말은 '멋지다'라는 낱말과 바꾸어 사용할 수 있습니다. 아이에게 '근사하다'가 들어가는 예문을 몇 개 말해 주면 얼른 그 뜻을 알아차릴 것입니다. 그리고 아이가 자신에게 익숙한 '멋지다'라는 말을 할 때 '근사하다'는 말을 함께 사용함으로써 자연스럽게 '근사하다'는 낱말과 익숙해지도록 해 주세요. "이 연필 멋지지? 선물로 받았어."라고 하면 "그래? 정말 근사하네."라고 답하는 거죠.

- 아빠가 새로 사 주신 옷을 입으니까 아주 **근사하구나**.
- 높은 곳에서 서울을 내려다보니까 정말 **근사하구나**.

〈내용을 충분히 이해했는지 확인하기〉

책을 읽고 줄거리를 요약하는 능력은 우수한 독자가 지녀야 할 필수 독서 능력입니다. 그러나 많은 연습이 필요한 독서 전략입니다. 그래서 유아기부터 초등학교 저학년까지는 주요 장면의 그림을 단서로 하여 내용을 간추립니다.

낮과 밤은 자신이 갖고 있는 가장 예쁜 것을 들고 와서 서로 바꾸기
로 약속했어요.

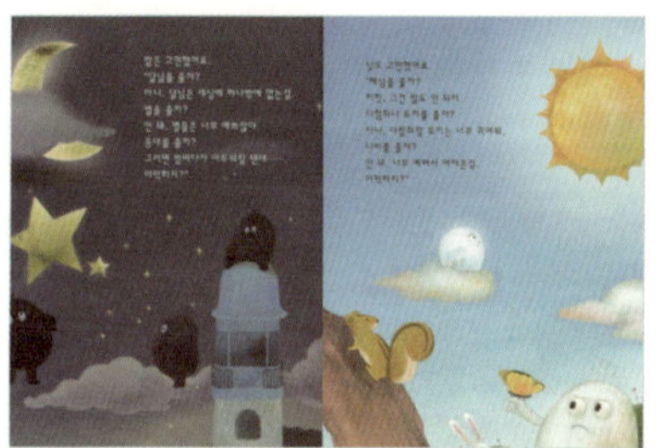

낮과 밤은 서로에게 무엇을 주어야 하나 고민했지만 자신이 가진 것
이 아까워서 아무것도 주고 싶지 않았어요.

그제야 낮과 밤은 자기가 얼마나 멋지고 아름다운지 깨달았어요.

책을 읽은 후에 아이가 책 내용을 얼마나 이해하고 있는지는 질문을 통해 확인할 수 있습니다. 이때 질문의 수는 4~5개를 넘지 않도록 합니다. 질문에 꼬리를 무는 질문은 아이가 깊이 있는 생각을 할 수 있도록 도움을 줍니다. 또 일방적인 질문 세례가 아니라 아이와 엄마가 교차로 질문하면 질문에 대한 거부감이 줄 것입니다. 아이의 엉뚱한 질문에도 성의껏 대답해 주세요. 엄마가 하는 질문을 들으면서 아이의 질문 실력도 차츰 좋아질 것입니다.

◇ 물어보는 말에 대답해요.

아이에게 질문할 때는 대답하는 정도를 보고 어떻게 질문할 것인지 잘 결정해야 합니다. 아이가 지금 하는 질문들을 어려워한다면 생각했던 질문이 있더라도 몇 개 빼거나 쉬운 것으로 바꾸어 주는 것이 현명합니다. 그리고 처음에는 아이가 자신 있게 대답할 수 있는 질문을 하다가 차츰 수준을 높여 주세요.

- 낮은 밤을 부러워해요. 어떤 것을 부러워하는지 3개만 말해 보세요.

- 밤은 낮을 부러워해요. 어떤 것을 부러워하는지 3개만 말해 보세요.

- 낮과 밤은 왜 서로를 부러워할까요?

- 낮과 밤은 서로 자신이 아끼는 것을 가지고 나와 바꾸기로 했는데 아무도 나가지 않았어요. 왜 그랬을까요?

- 낮과 밤은 처음에는 서로를 부러워했는데 이제는 그렇지 않아요.

왜 그럴까요?

이런 질문들을 통해 상대방이 가진 것 못지않게 내가 가진 것도 멋지고 근사함을 깨닫습니다.

〈비판적으로 생각하기-토의·토론〉

◇ 친구랑 장난감을 하나씩 바꾸기로 했어요. 친구는 내가 제일 아끼는 '피카츄 팔찌'를 가지고 싶어 해요. 어떻게 해야 하나요?

◇ 친구가 갖고 있는 것들 중에 어떤 것이 갖고 싶나요? 만약 친구가 아까워서 그것을 나에게 안 주고 싶어 하면 어떻게 해야 하나요?

어느 일곱 살 아이는 주지 말고 빌려주는 게 좋다고 답했습니다. 평소 자신이 아끼던 것이 아니더라도 막상 다른 사람이 달라고 하면 아이들은 갑자기 그것이 자신에게 꼭 있어야 할 것 같나 봅니다. 이런 자신의 마음에 비추어 다른 사람의 마음을 이해할 수 있습니다. 내가 그리 아끼는 것이 아니더라도 다른 사람 눈에는 그것이 좋아 보일 수도 있죠. 그러면 그것에 대해 다시 생각합니다. 이와 같은 가상의 상황이라도 아이들은 심각하게 고민합니다. 아이가 어떻게 해결하는지 지켜보세요.

◇ 낮과 밤을 최고로 근사하게 꾸며 보세요.

◇ 내가 낮이라면(또는 밤이라면) 어떤 말이 하고 싶은가요?

낮이 밤에게 하고 싶은 말, 밤이 낮에게 하고 싶은 말, 또는 내가 낮이나 밤에게 하고 싶은 말을 해 보세요. 이런 질문을 하면 아이들은 하고 싶은 말이 없다고 하지요. 그럴 때는 엄마가 예를 보여 주세요. "나도 엄마랑 똑같아."라고 하면, "그렇구나. 엄마랑 똑같은 생각을 했구나. 그럼 엄마랑 똑같이 말해 주세요."라고 하세요. 그래도 쭈뼛대면 "엄마처럼 ○○○이라고 말하고 싶다고?"라며 차근히 되풀이해 주는 정도로 만족하세요. 어떻게 생각하고 표현하는지를 보고 듣는 과정이 학습이랍니다.

예: 낮이 밤에게 "나는 해님이랑, 예쁜 숲이랑, 나비랑, 연 날리는 아이들 모두 좋아. 그런데 밤아, 너도 달님이랑 별이랑 불꽃놀이가 좋지?"

그럴 땐
이 책이
도와줄 거야!

어리다고 아무 고민 없을까요? 아이들은 자라면서 자못 어려운 문제들과 마주합니다. 어른들에게는 가벼워도 아이들에게는 심각한 고민들이지요. 무엇보다 아이들이 고민하는 문제에 어른들은 썩 도움이 되지 못합니다. 위로해 준다면서 자꾸 잔소리만 늘어놓거든요. 한참 고민 중인 아이를 돕고 싶다면 그림책을 동원해 보세요. 꽤 괜찮은 도우미니까요.

1) 동생이 생겼대요

엄마는 동생의 존재를 안 순간부터 아이에게 동생을 맞이할 준비를 시킵니다. 엄마 배에 아이의 작은 손을 올려놓고 "엄마 배에 아기가 들어 있어, 동생이야.", "동생이 생기는 것이 어때? 좋지?", "자, 만져 봐. 그리고 동생에게 빨리 나오라고 해. 형이 예뻐해 줄 테니까." 라며 동생이 태어나면 반드시 좋아해야 하고, 꼭 예뻐해야 하고, 형이 되니 더욱 의젓해져야 한다는 것을 은연중에 계속 말합니다. 이런 이야기를 계속 들은 아이는 주위의 바람대로 행동할까요? 오히려 '엄마 배에 있는 아기는 무척 예쁜가 보다. 그럼 엄마와 아빠는 분명 나보다 아기를 더 좋아하겠구나.'와 같은 불안감만 키웁니다.

『동생이 태어날 거야』는 태어날 동생에 대한 기대와 불안감을 동시에 가지고 있는 아이를 이해하고 포근하게 감싸 줍니다. 책을 들여다보면 한쪽 면에는 아기가 태어날 준비를 하는 열 달 동안 엄마와 주인공 아이가 동생에 대해 대화하는 장면이 잔잔하게 그려져 있고, 또 한쪽 면은 곧 동생을 맞이할 아이가 동생의 모습을 상상하는 그림이 재미있게 표현되어 있습니다.

주인공 아이는 아무리 생각해도 아기가 안 왔으면 좋겠습니다. 그래서 엄마에게 "엄마, 동생한테 그냥 오지 말라고 하면 안 돼요? 우리한테 아기가 꼭 필요한 건 아니잖아요."라고 속마음을 이야기하지만 결국 동생이 태어나면 잘해 주겠노라 다짐합니다. 드디어 동생이 태어났을 때에는 할아버지 손을 잡고 동생을 환영하러 갑니다.

아이가 태어날 동생을 질투하는 것은 너무나도 당연합니다. 유명한 아동심리학자인 도리스 브렛은 동생이 태어난다는 말은 어느 날 사랑하는 남편이 "여보, 새 아내를 데려왔어. 당신이 관심을 갖고 잘 대해 주길 바라."라고 말하는 것과 같다고 비유했습니다. 어쩌면 그보다 큰 충격일 수도 있지요. 혹시나 하는 마음에 지레 겁을 먹고 동생에 대한 질투는 못난 아이나 한다며 무조건 원천 봉쇄하려는 것은 좋은 방법이 아닙니다. 그보다는 『동생이 태어날 거야』에서처럼 아이가 태어날 동생에 대한 설렘과 기대는 물론이고 질투의 감정을 편히 드러낼 수 있도록 하면 좋습니다. 아이의 모든 감정을 수용하고 이해하고 인정해 주는 분위기에서 아이는 자신에게 주어진 열 달이라는 기간 동안 현실적으로 동생을 맞이할 준비를 할 수 있으니까요.

2) 동생이 태어나 버렸어요

동생이 태어난다는 정도는 아직 괜찮습니다. 동생이 눈앞에 보이지는 않으니까요. 그런데 동생이 태어나면 동생이라는 존재는 눈앞에 보이는 현실입니다. 동생이라는 아기가 온 집안 식구들의 환영을 받으며 내 집에 들어온 순간, 아이의 막연했던 불안은 현실이 됩니다. 시도 때도 없이 나를 안아 주며 "이그, 예쁜 내 새끼!" 하던 엄마는 이제 없습니다. 칼싸움, 총싸움을 번갈아 하며 "으악!"하고 배를 잡고 쓰러지던 아빠도 없습니다. 남은 것은 "동생 코 자니까 조용히 놀아야지.", "잠깐만 기다려. 아기 젖 먹이고 놀아 줄게.", "안 돼! 그렇게 하면 아기가 아야 하잖아." 하며 잔소리하는 엄마와 집에 들어서자마자 아기에게 달려가는 아빠지요.

　동생이라는 이름의 못생기고 쪼그만 아기가 뭔지. 그나마 아기가 잘 때는 괜찮은데 아기는 왜 그렇게 자주 깨서 우는지요. 어쩌다 나랑 놀아 주던 엄마는 아기가 울기만 하면 바로 아기한테로 갑니다. 아이는 정말 형이 하고 싶지 않습니다. 솔직히 말해 아기가 도로 엄마 배로 들어가 버렸으면 좋겠다고 생각하지요.

『피터의 의자』

　『피터의 의자』는 동생이 태어난 후 모든 게 동생 위주로 돌아가는 현실이 불편한 아이의 심정을 잘 보여 줍니다. 동생이 태어나자마자 변해 버린 일상을 아이는 받아들일 수 없습니다. 세상에! 엄마와 아빠가 피터가 쓰던 물건들을 모두 분홍색으로 칠해 동생에게 주었네요. 화가 난 피터는 아직 파란색으로 남아 있는 의자를 들고 집 밖으로 가출합니다. 이 의자만은 절대로 양보할 수 없거든요. 그런데 의자에 앉으려고 했더니 피터가 앉기에는 의자가 너무 작아져 버렸네요. 그래도 괜찮아요. 아빠가 피터에게 큰 의자를 주었거든요. 그래서 피터는 마지막으로 자신에게 남은 의자를 기꺼이 동생에게 양보하면서도 뿌듯합니다.

　동생이 태어나면 형은 다 큰 아이처럼 취급받습니다. 형이라는 이유로 의젓할 것을 요구받는 아이도 아직 서너 살밖에 안 된, 심지어 두 돌도 채 안 지난 '아기'라는 것을 부모가 꼭 기억해야 합니다. 아

166

이들은 배부를 정도로 부모에게 인정받고 사랑받아야 동생을 인정하고 또 자신의 사랑을 나누어 줄 여유가 생깁니다.

『꼬마 개구리와 올챙이 동생들』의 주인공인 개구리는 엄마, 아빠, 나, 이렇게 셋이 사는 게 딱 좋다고 생각합니다. 그런데 세상에나! 동생 올챙이가 무려 아홉 마리나 생긴 거예요. 엄마와 아빠는 동생들을 돌보느라 아무것도 해 줄 수 없어요. 게다가 동생들은 너무 어려 나와 놀 수도 없지요. 하지만 곧 동생들이 자라면서 재미있는 놀이를 마음껏 같이 할 수 있습니다. 이처럼 동생이라는 존재는 엄마와 아빠의 사랑을 빼앗아 가고, 나를 귀찮게만 하는 존재가 아니라 좋은 놀이 친구가 될 수 있음을 배울 수 있습니다.

3) 나는 화가 났다고요!

팔짱을 낀 채 고개를 왼쪽으로 돌리고 "흥!" 하고 짐짓 화난 척을 해 봅니다. 대체 무엇이 아이를 화나게 했을까요? 이번에는 '쿵쾅쿵쾅' 보라는 듯이 발을 구릅니다. 요구 사항이 있는 게 분명합니다. 이 정도면 귀여운 투정이니 얼마든지 넘길 수 있지요. 그런데 발버둥 치며 우는가 하면 문을 쾅 소리가 나게 닫고 방으로 들어가면서부터는 생각이 달라지지요. '벌써 저렇게 심술을 부리다니. 자기 잘못은 생각도 안 하고.' 금방 엄마 머리끝까지 올라갈 것 같아 그대로 두고 볼 수 없겠다는 생각이 듭니다. "너, 이리 나와! 버릇없이 누가 문을 그렇게 꽝 닫으라고 그랬어? 너 때문에 동생까지 깼잖아.” 아이가 다시 나와 문을 살살 닫아야 전쟁은 끝납니다.

아이가 엄마에게 반항할수록 엄마도 아이에게 엄해지죠. 나중에 생각하면 ‘내가 아이에게 심했나?’ 후회도 들지만 엄마 역시 제어가 안 될 정도로 화를 내는 아이를 어떻게 해야 좋을지 모르겠습니다. 하지만 아이 입장에서 생각해 보면 어른들은 참 이상하다고 생각하지 않을까요? 어른들이 화가 날 때는 참지 않고 마구 화내면서 아이가 화나서 하는 행동들은 사소한 것 하나까지 야단치니 말이지요.

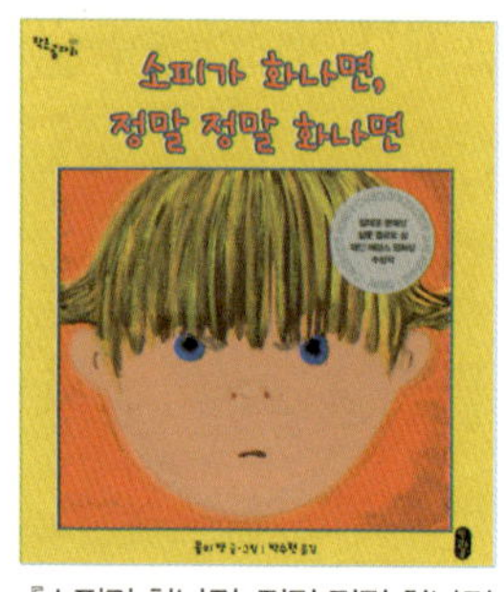

『소피가 화나면, 정말 정말 화나면』

『소피가 화나면, 정말 정말 화나면』을 보면 불같이 화내는 아이를 대하는 지혜를 배울 수 있습니다. 주인공 소피는 정말 화가 났습니다. 소피가 고릴라 인형을 가지고 놀고 있는데 언니가 갑자기 “내 차례야!” 하면서 인형을 빼앗아 갔거든요. 엄마도 “이제는 언니 차례다, 소피.” 하고 언니 편을 듭니다. 게다가 언니가 고릴라 인형을 확 낚아채는 바람에 소피가 트럭 위로 엎어지고 말았으니 정말 화가 날 만합니다. 하지만 엄마가 이제는 언니 차례라고 하는 걸로 보아 고릴라 인형을 소피가 먼저 갖고 놀았고, 이제는 언니가 갖고 놀 차례가 맞는 것은 같습니다.

그러나 소피는 고릴라 인형을 갖고 한참 재미있게 놀고 있는데 언니가 빼앗아 간 것만 억울합니다. 그래서 폭발할 것처럼 화가 많이 났습니다. 집을 뛰쳐나가 한참을 울며 걷다 보니 숲속의 나무와 새가 눈에 들어옵니다. 나무 위에 올라가 보니 바다가 보이네요. 그러는 사이 어느새 화가 가라앉고 소피는 평온을 되찾지요. 화가 다 풀린 소피가 돌아간 집은 아무 일도 없었던 듯이 평화로워 보입니다.

아이가 여럿 있는 집은 하루도 조용할 날이 없습니다. 특히 소피네 집처럼 장난감이든 무엇이든 어떤 것을 이유로 싸우기 시작하면 어떻게 해결해야 현명한지 알 수가 없습니다. 솔로몬이라도 쉽지 않을 것입니다. 이와 비슷한 일이 벌어졌을 때 "이 장난감을 가지고 둘이 계속 다투면 장난감을 치워 버릴 거야. 이것만 없으면 너희들이 싸우지 않을 것 아니니?"라며 억지 평화를 만들고 있지는 않나요? 누군가는 소피처럼 화가 잔뜩 나서 소리 지를 수 있습니다. 이럴 때는 어떻게 하나요? "네가 조용히 할 때까지 엄마는 네 말을 듣지 않을 거야. 화내지 말고, 울음을 뚝 그치고, 그때 네가 왜 화가 났는지 엄마한테 말하렴." 혹시 이렇게 말하고 있지는 않나요?

돌이켜 보니 저 역시 두 아이를 키울 때 그렇게 했더군요. 아이에게 어른도 어려운 것을 요구했지요. "화내지 마라.", "울지 마라."고만 하지 말고 기다려 주었다면 좋았을 것이라는 생각이 듭니다. 소피가 화가 난다고 언니를 때리거나 물건을 부수지 않고서도 화를 풀 수 있었던 것은 화내지 마라고만 하지 않고, 가족들이 소피의 화가 풀릴 때까지 기다려 주었기 때문입니다.

아이일지라도 화나는 일이 있을 때 화를 내는 것은 당연합니다. 그러니 어떻게 현명하게 화를 내고 풀어야 할지를 『소피가 화나면, 정말 정말 화나면』을 함께 읽고 대화를 나누어 보면 어떨까요?

엄마: 소피처럼 화가 정말 정말 많이 났을 때는 어떻게 하면 좋지?

아이: 장난감을 막 던져.

엄마: 그러다 장난감 고장 나겠다.

아이: 그럼… 막 소리 질러.

엄마: 음. 화가 많이 났을 때 소리를 지르면 좀 화가 풀릴까?

아이: (주먹을 꽉 쥐며) 이렇게 하고 야~~~! 이렇게.

엄마: 또, 어떻게 하면 좋을까? 소피처럼 집 밖으로 확 뛰어나갈까?

아이: 그럼 위험해서 안 돼. 엄마, 선생님이 그러는데 화가 나면 눈
을 감고 이렇게 숨을 쉬라고 그랬어. (아이는 심호흡을 한다.)

엄마: 그래? 이렇게? (엄마도 아이를 따라 심호흡한다.) 이런 방법이
있구나. 엄마도 화가 나면 이렇게 해야겠다.

4) 우리 엄마는 화만 내요

'우리 엄마는 이상합니다. 윗집 하나가 놀러 오면 상냥하게 웃으면
서 말도 예쁘게 하는데 나한테는 화만 냅니다. 그리고 내꺼 좋은 거
있으면 하나한테 양보하라고 합니다. 엄마는 하나가 나보다 좋은 게
분명합니다. 대신 하나 아줌마는 나만 보면 만날 예쁘다고 하고, 내
가 무슨 말을 해도 잘 들어줍니다. 하나 아줌마가 우리 엄마라면 얼

마나 좋을까요.'

아이들은 자라면서 이런 생각을 한 번쯤은 합니다. 왜냐하면 우리 엄마는 "참 잘하는구나.", "아유. 예뻐라." 이런 말 대신 "빨리 해라.", "싸우지 마라.", "골고루 먹어라." 이런 말만 하니까요. 아기 돼지 삼형제도 그래서 집을 나가 버렸답니다.

『집 나가자 꿀꿀꿀』의 '뿌', '톤', '양', 이 세 마리 아기 돼지는 오늘도 엄마에게 혼났습니다. 당근을 먹지 않겠다고 투정을 부리고, 집 안을 어지럽히고, 형제끼리 다투었거든요. 결국 화가 난 엄마는 "엄마 말을 안 듣는 돼지는 우리 집 돼지가 아니야."라면서 **나가!** 하고 소리쳤습니다. 그래서 아기 돼지 세 마리는 큰 결심을 합니다. 더 좋은 엄마를 찾기로요. 세 마리 아기 돼지들은 토끼, 까마귀, 악어 엄마에게 우리들의 엄마가 되어 달라고 했지만 마음에 안 들기는 마찬가지입니다. 해가 지자 엄마가 보고 싶어졌습니다. 그때 마침 엄마 돼지가 "뿌~, 톤~, 양~!" 하고 아기 돼지들에게 어서 와 밥을 먹으라고 부릅니다. 엄마 돼지는 아기 돼지들이 집을 나갔다는 것을 몰랐던 모양입니다. 반가운 엄마 목소리에 아기 돼지들은 모든 것을 팽개치고 한달음에 달려갑니다.

이 책은 볼 때마다 저절로 웃음이 나옵니다. 우리 집에서 늘 일어나는 일이 아기 돼지 집에서도 벌어진다는 것을 보고 아이들은 어떤 생각을 할까요? '맞아, 맞아!', '화내는 엄마 돼지 얼굴이 우리 엄마 얼굴이랑 똑같네.' 이런 생각을 하며 기분이 후련해지는 느낌을 받을 것입니다. 그리고 아기 돼지들이 다시 엄마 돼지 품에 안기는 장면에서 편안함을 느끼지요. 이 책은 아이들이 가끔 마음속으로 '엄마 나빴어. 다른 집으로 가 버릴까 보다.'라는 생각을 했더라도 엄마 돼지가 환한 얼굴로 아기 돼지들을 안아 주는 것을 보고 안심하게 해 줍니다. 아무리 생각해도 우리 엄마가 최고거든요.

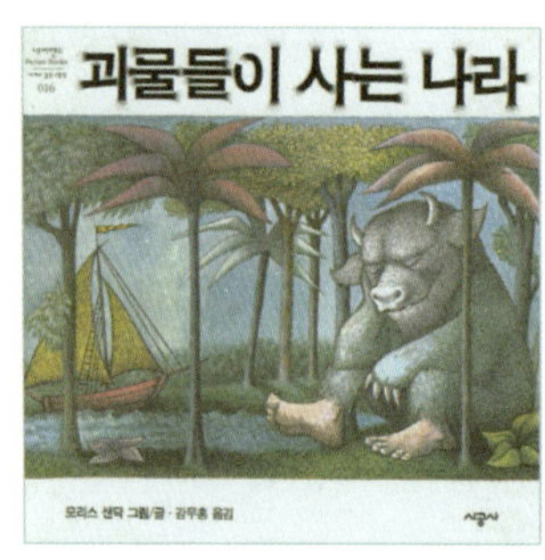

『괴물들이 사는 나라』

『괴물들이 사는 나라』는 우리나라뿐 아니라 전 세계 아이들의 사랑을 듬뿍 받는 책입니다. 그런데 이상하게도 이 책이 좋다는 어른은 그다지 많지 않습니다. "이 괴물 딱지 같은 녀석!" 하고 야단치는 엄마에게 "그럼, 내가 엄마를 잡아먹어 버릴 거야!"라고 맞서는 아이가 불편한가 봅니다. 아이는 어디까지나 엄마 품 안에 있어야 한다고 믿는 엄마에게 엄마를 잡아먹는다는 말은 충격일 수 있지요. 그런데 아이들은 이 책을 왜 그토록 좋아할까요?

맥스는 집 안에서 심한 장난을 치다가 엄마에게 호되게 야단맞습니다. 엄마는 맥스에게 저녁밥도 주지 않고 맥스를 방 안에 가두었습니다. 엄마는 맥스에게 괴물 딱지 같은 녀석이라고 했지만 어쩌면 맥스는 자기에게 소리치는 엄마가 진짜 괴물이라 생각했을지도 모릅니다. 방에 갇힌 맥스는 상상의 나라인 괴물 나라로 갑니다. 거기서 자기보다 훨씬 힘이 세고, 덩치 큰 괴물을 마음대로 호령합니다. 괴물들과 속이 후련해질 정도로 소리 지르며 한바탕 놀고 나니 어쩐지 집으로 돌아가고 싶어졌습니다. 집에 돌아오니 따뜻한 저녁이 탁자에 놓여 있습니다. 이 식사는 맥스의 마음을 편안하게 만들어 줍니다. 엄마가 나를 야단쳤지만 나를 사랑함이 분명하다고 느끼겠지요.

현실에서는 엄마가 아무리 미워도 자신이 반항할 방법이라고는 기껏해야 떼쓰며 우는 것이 전부인데, 이 책을 읽으면서 아이들은 무시무시한 괴물들을 쥐락펴락할 수 있으니 그것만으로도 충분히 카타르시스를 경험합니다. 게다가 엄마의 따뜻한 밥은 맥스뿐 아니라 맥스와 함께 괴물의 왕으로 군림했던 자기가 다시 따뜻하게 받아들여지는 것 같은 느낌을 줍니다. 이 책을 읽는 동안 맥스가 곧 '나'이기 때문이죠. 괴물 나라의 괴물들을 자세히 보세요. 괴물의 발이 사람과 같네요. 이 괴물들은 현실에서 아이들이 꼼짝하지 못하던 어른들일 가능성이 높습니다.

5) 나도 아프고 싶어요

아이들을 키우다 보면 난감할 때가 많습니다. 엄마가 나보다 동생 또는 언니를 좋아한다며 샘을 부릴 때는 어떻게 설명해도 먹히지 않습니다. 형제자매는 둘도 없는 친구였다가 다시없는 적이 되기도 합니다. 엄마와 아빠는 공평하게 사랑한다지만 아이들 눈에는 언니만 사랑하는 것 같고, 동생을 더 예뻐하는 것 같습니다. 아이들의 중심은 자신이기 때문입니다. 특히 유아기는 세상 전부가 자기를 위해 존

재한다고 믿는 시기니, 엄마와 아빠가 아무리 공평하게 대해 주더라
도 자기가 만족하지 못하면 불공평하다고 여기죠. 어떨 때에는 아픈
것까지 시샘합니다.

『나도 아프고 싶어!』

『나도 아프고 싶어!』를 읽어 주기 전에
아이들에게 물어봤습니다. "얘들아, 이 고
양이는 나도 아프고 싶다고 말하고 있어.
그런데 이 고양이는 왜 아프고 싶은 걸
까?" 아이들 대답이 참 재미있습니다. "아
프면 엄마가 잘해 주니까요.", "우리 엄마
는 내가 아프면 업어 줘요.", "아프면 영어 학원에 안 가도 돼요." 등
등. 아이들이 엄마 마음을 잘 알고 있네요. 하지만 아프고 싶다고 아
파지는 것은 아니죠.

주인공 엘리자베스는 아픈 오빠가 정말 부럽습니다. 앓아누운 오
빠는 온 식구의 관심을 듬뿍 받으니까요. 엄마는 음식을 먹여 주고,
아빠는 오빠의 이마에 차가운 물수건을 올려 주지요. 그사이 엘리자
베스는 혼자 옷을 입고 학교 갈 준비를 했습니다. 속이 상한 엘리자
베스는 자기도 오빠처럼 아팠으면 좋겠다고 생각합니다. 그러면 모
두들 엘리자베스에게 관심을 보일 테니까요. 며칠 후에 엘리자베스
는 바라던 대로 아파서 침대에 눕게 되었어요. 오빠에게 그랬던 것처
럼 엄마, 아빠, 할머니까지 엘리자베스가 빨리 낫도록 음식을 먹여
주고, 차가운 물수건을 올려 주고, 책을 읽어 주었습니다. 하지만 생

174

각했던 것처럼 아픈 것이 좋지 않았어요. 학교에 가고, 설거지를 하고, 거북이에게 밥을 줄 수 있는 오빠가 정말로 많이 부러웠거든요.

형제가 자라면서 서로 시샘하는 것은 정상적인 발달 과정입니다. 시샘하고, 다투고, 화해하는 과정에서 서로를 인정하고 형제애를 쌓아 가니까요. 누구나 이와 같은 감정을 갖고 있기 때문에 『나도 아프고 싶어!』는 아이들 모두가 공감하며 읽습니다. 고작 6~7세인 아이들이 엘리자베스의 행동을 보면서 "오빠가 아프니까 엄마가 오빠를 돌보는 건데.", "나는 샘 부리지 않는데.", "아픈 오빠 때문에 엄마가 속상한데 떼를 쓰면 안 돼지."와 같은 기특한 말들을 합니다. 아픈 오빠에 대한 질투의 감정을 솔직하게 드러내는 엘리자베스는 아이 자신입니다. 그러니 질투하고 시샘하는 아이를 야단치는 것보다 엘리자베스의 행동을 보여 주는 것이 아이로 하여금 스스로의 행동을 생각해 볼 수 있는 기회를 줍니다.

6) 학교 가기 겁나요

유치원을 졸업했으니 이제 곧 초등학교에 갈 것입니다. 초등학생이 된다고 할머니와 할아버지는 새 가방을 사 주셨고, 삼촌은 예쁜 구두를 사 주셨습니다. 며칠 전에는 엄마와 문구점에 가서 마음에 드는 필통, 색연필, 크레파스도 샀지요. 이렇게 선물을 많이 받으니까 초등학생이 되는 일이 좋습니다. 그런데 기분이 이상합니다. 오늘 엄마랑 새로 들어갈 초등학교에 갔는데 다니던 유치원보다 엄청 큼

신학기가 시작되면 유아원이나 유치원 현관에서는 아침마다 통곡의 장이 펼쳐집니다. 엄마와 할머니에게 자기를 두고 가지 말라며 아예 바닥에 주저앉아 엉엉 우는 아이가 몇 명씩은 꼭 있지요. 하지만 이러한 모습은 일주일쯤 지나면 사라집니다. 집에 혼자 있을 때는 너무 심심했는데 친구들하고 놀 수 있어 재미있고, 선생님도 친절하니까 더 이상 겁나지 않거든요. 그리고 엄마가 시간에 맞추어 자기를 데리러 온다는 것을 알았으니까 전쟁을 계속할 필요가 없지요. 그러나 초등학교 입학은 사정이 조금 다릅니다. 교실 분위기부터 이전과는 비교할 수 없이 딱딱하고, 한 교실에 친구들도 너무 많습니다. 게다가 조금만 떠들어도 선생님이 주의를 주지요. 그렇다고 유치원 때처럼 떼쓸 수도 없고요.

초등학교 입학은 아이들에게 큰 기대면서 동시에 커다란 두려움입니다. 어떤 아이는 아침마다 두통을 호소하는가 하면 어떤 아이는 배가 아프다며 심지어 아침에 먹은 것을 토하기까지 합니다. 학교에 다니기 힘들어서 그런가 하고 병원에 가 보면 심리적인 이유 때문이라고 합니다. 진짜로 몸에 통증이 있는 것은 아니지만 아이는 정말 아프답니다. 시간이 지나면 언제 아팠냐는 듯이 씩씩하게 학교에 가겠지만 그때까지는 시간이 조금 걸리더라도 천천히 기다려 주어야 합니다.

『파란 캥거루야, 학교 가자!』의 주인공인 릴리에게는 릴리하고만 이야기하는 파란 캥거루가 있습니다. 릴리는 곧 학교에 가야 하지요. 그래서 파란 캥거루에게 말합니다. "파란 캥거루야, 너도 같이 갈래?" 이렇게 말이죠. 또, 릴리는 어른들에게 "파란 캥거루는 학교에 가고 싶지 않은가 봐요.", "얘는 학교 가는 게 겁나나 봐요.", "얘는 학교에 가서 길을 잃을까 걱정이래요."라고 말합니다. 드디어 학교에 가는 날, 릴리는 학교 앞에서 다시 "엄마, 잠깐만요! 파란 캥거루가 배가 아픈 것 같아요. 집에 가고 싶대요."라고 하지요. 선생님에게는 "안녕하세요, 선생님. 파란 캥거루가 걱정돼요."라고 하고요.

릴리의 마음이 보이죠? 릴리는 파란 캥거루를 통해 자기가 하고 싶은 말을 하고 있네요. 릴리가 파란 캥거루를 핑계로 댈 때마다 어른들은 릴리의 마음을 알아차리고 파란 캥거루는 괜찮을 거라고 안심시킵니다. 선생님은 이렇게 말하지요. "파란 캥거루는 릴리 같은 친구가 있어서 좋겠구나. 학교에 온 첫날부터 친구가 보살펴 주니 말이야." 그리고 점차 학교 생활에 익숙해진 릴리는 파란 캥거루의 존재를 잊습니다.

일곱 살 아이들에게 이 책을 읽어 주었습니다.

내 아이의 초등학교 입학, 한껏 기대되지만 한편으로는 걱정되는 면도 있을 것입니다. 그런 면에서 『파란 캥거루야, 학교 가자!』는 아이와 엄마 모두를 안심시켜 주는 책입니다. 아이는 자기만 그런 걱정을 하는 게 아니라는 것을 알고, 엄마 역시 내 아이만 그런 것이 아니라는 것을 알게 해 주지요. 혹시 아이가 '파란 캥거루'를 학교에 데려가려고 하거든 "학교에는 가져가면 안 돼!"라고만 하지 말아 주세요.

7) 아이, 부끄러워요

"우리 애는 도대체 왜 그러는 것일까요? 집에서는 안 그러는데 밖에만 나가면 자기 할 말도 제대로 하지 못하고 뒤로 빼기만 해요." 엄마의 바람은 내 아이가 집에서나 밖에서나 항상 당당한 모습을 보이는 것이지요. 어른들도 제각각인 것처럼 아이들 역시 저마다 여러 모습을 갖고 있습니다. 어떤 아이는 씩씩하고 누구 앞에서나 똑 부러지게 행동하지만, 또 어떤 아이는 조용한 말소리에 잘 나서지 않습니다. 조용한 아이의 엄마는 아이의 그런 모습이 소심해 보여 걱정이고, 반대로 씩씩한 아이의 엄마는 아이가 조심성이 없어 실수라도 할까 걱정입니다.

이런 이유로 내 아이와 반대 성향을 가진 아이를 조금씩은 부러워하지요. 엄마들의 이야기를 들어 보면 조용한 아이를 둔 엄마의 걱정이 조금은 더 무거워 보입니다. "엄마 친구야, 인사해야지."라고 하면 고개나 겨우 까닥하고, 엄마 친구가 말이라도 시킬 양이면 한 손은 여전히 엄마 치마를 잡은 채 기어들어 가는 목소리로 우물거립니다. 그뿐인가요, 유치원 발표회에서도 우물쭈물하거나, 친구들과 놀 때 다른 아이에게 장난감을 빼앗기고도 달라는 소리도 하지 못할 때가 많습니다. 이쯤 되면 이 엄마의 걱정이 충분히 공감 갑니다.

그런데 이렇게 부끄러움이 많은 아이에게 어른들이 어떤 태도를 보였는지 생각해 봤나요? 혹시 아이를 북돋우려고, 아이에게 힘이 되라고 한 말이 아이를 더 위축되게 하지는 않았는지 말이죠. 내일 더 잘하면 된다는 말, 누구도 했으니 너도 할 수 있다는 말이 아이에게 정말 힘이 되었을까요? 이제 달리 생각해 보기로 해요. 부끄러움이 많아 소심해 보이는 내 아이는 조심성이 많은 아이, 신중한 아이일 수 있습니다. 부끄러움이 조금 더 많다고 자기 생각이 없는 것은 아니죠. 비슷한 성격의 엄마들은 알 것입니다.

이렇게 부끄러움이 많아 소극적으로 보이는 아이가 어떤 생각을 하고 있는지를 잘 보여 주는 책이 있습니다. 어른들이 이 책을 보면 '아, 내가 잘못 생각하고 있었구나. 내 기준으로 아이를 판단하고 있었구나. 내 아이는 깊이 생각한 후에 말하고 행동하는 아이였구나. 다른 사람의 마음을 헤아릴 줄 아는 아이로구나.' 하는 깨달음이 있을 것입니다. 아이들 역시 "너는 부끄럼쟁이, 소극적인 아이가 아니라 남들보다 천천히 대답하는 아이야. 그리고 너는 다른 사람들을 배려할 줄 알고, 양보할 줄 알고, 또 꾹 참을 줄도 아는 아이야."라고 말해 주는 이 책을 통해 위로받고, 나아가 긍정적인 자기 모습을 보게될 것입니다.

『부끄럼쟁이 아냐, 생각쟁이야!』의 주인공은 새로운 친구를 사귀거나 질문에 대답할 때, 남들보다 조금 느립니다. 친구의 마음을 먼저 알아볼 수 있고, 친구를 배려할 줄도 알고, 친구랑 노는 것도 좋아하지만 가끔은 혼자 노는 것이 좋은 아이지요. 그런데 엄마는 그것도 모르고 주인공이 부끄럼을 많이 타서 그런다고 생각합니다. 그래서 자꾸만 "친구한테 말을 걸어 봐.", "손을 번쩍 들고 대답해."라고 다

그칩니다. 어느 날 주인공은 곰 인형을 상대로 자신은 엄마 역할, 곰 인형은 자기 역할을 맡아 대화를 나눕니다.

아이는 엄마가 되어 곰 인형에게 놀 때는 소리 지르고 뛰어다녀도 괜찮다고 말하고, 곰 인형이 된 아이는 생각할 때는 조용한 게 좋다고 말합니다. 문 밖에서 아이의 말을 들은 엄마는 자신이 아이의 본모습을 몰랐다는 것을 깨닫지요. 주인공은 엄마에게 말합니다. "나에겐 여러 가지 모습이 있어요. 내가 잘하는 것을 먼저 봐 주세요. 그럼 난 부끄럼쟁이가 아니에요." 이 말은 이 책을 보는 아이들이 엄마에게 하고 싶은 말일 것입니다.

어른들은 주인공의 말처럼 아이가 잘하는 것을 먼저 보는 연습을 해야겠습니다. '부끄럼쟁이' 대신 '생각을 깊게 하는 아이', '배려심이 깊은 아이'로, '개구쟁이' 대신 '활동적이고 씩씩한 아이', '자기 생각을 또렷하게 잘 말하는 아이'라고 불러 주고 내 아이의 좋은 모습을 찾아 자꾸 칭찬해 주세요.

4장

책 읽기가
더 좋아지는
독후 활동

독후 활동이란 책을 읽고 그 책과 관련된 활동을 하는 것으로 아이들의 독서 동기
를 높이는 데 매우 중요한 역할을 합니다. 유아기 아이들의 독후 활동은 놀이로 이
어지는데, 아이들은 다양한 놀이를 통해 자연스럽게 언어 능력, 창의력, 예술적 감
성은 물론이고 사회성까지 신장시킵니다.

QR코드로 김명미 저자의 강의를 확인하세요.

　독후 활동의 장점에 대해서는 잘 알고 있는데, 막상 하려고 하면 '무엇을 해야 할지 모르겠다.', '마음먹은 대로 잘 안 되더라.', '번잡스럽다.' 등의 이유로 잘 안 하게 된다고들 합니다. 운동 삼아 산에 가야지 하면서 선뜻 나서지지 못하는 사람에게 세상에서 가장 높은 산이 '문지방'이라는 말을 농담처럼 합니다. 그만큼 한발 나서기가 쉽지 않다는 말이지요. 독후 활동 역시 마찬가지입니다. 독후 활동은 책 읽기의 재미를 확장시키는 효과가 있는 것은 물론이고 아이의 창의력, 언어 능력, 신체 능력, 사회성까지 발달시킵니다. 그러니 '문지방'을 넘어 독후 활동을 하는 것이 좋겠지요?

　『구리와 구라의 빵 만들기』를 읽고 맛있는 팬케이크를 만들면 위층에 사는 친구와 친구 엄마까지 초대하여 '내가 만든 빵'이라고 자랑스럽게 대접할 수 있습니다. 또 『도깨비를 빨아 버린 우리 엄마』를 읽고 나서는 욕조에 물을 담아 놓고 곰돌이 인형을 조물조물 빨아 줄 수 있습니다. 아이는 이렇게 재미있는 빨래를 그동안 엄마만 했다고 생각할 수도 있겠네요. 아이들은 이런 독후 활동을 정말 좋아합니다. 독후 활동을 하며 놀고 싶은 마음에 책을 읽자고 할 때가 있을 정도죠. 『용감한 기사 지나』처럼 용이 된 아빠와 한바탕 기사 놀이를 하는 것은 아이를 흥분시킬 엄청난 일입니다. 그럼 이제 독후 활동을 향해 출발할까요?

독후 활동을 위한 Tip

1. 재주가 메주인 엄마도 할 수 있다.

유아기의 독후 활동은 무엇을 만드는 작업이 많다. 그렇다고 '아, 나는 그림을 못 그리는데.', '나는 만들기에는 정말 소질 없는데.' 하면서 뒤로 빼지 말자. 아이는 자기와 무엇을 함께하는 엄마를 좋아하는 것이지, 화가 엄마를 좋아하는 것이 아니다.

2. 과정을 즐겨라.

재주가 메주인 엄마도 용기가 생겼는가? 이제 그냥 그리고, 찢고, 만져 보자. 재료를 준비하는 과정부터 아이를 참여시키고 멋진 결과물이 나와야 한다는 생각은 날려 버리고 과정을 즐기자.

3. 아이의 친구와 그 엄마를 동참시켜라.

혼자 하면 별로 재미가 없다. 함께할 파트너를 찾아라. 마음 맞는 아이의 친구와 그 엄마를 섭외하면 어떨까. 단, 아이 친구 엄마가 엄마의 마음에도 들어야 한다. 그러니 마음이 맞을 만한 이를 부르자. 독후 활동을 하다 보면 아이들끼리 사이좋게 놀다가도 가끔 다툴 때가 있다. 그런 것 때문에 불편해지면 곤란하다. 오랫동안 함께 마음을 맞추어 독후 활동을 계속해야 하기 때문에 엄마끼리 마음이 맞는 것은 아주 중요하다.

4. 활동 결과를 자랑스럽게 여겨라.

아이와 함께 독후 활동한 결과물이 나왔다면? 집이 성황당이 될지라도 여기저기 매달아 놓고, 붙여 놓자. 아이의 자랑거리를 엄마도 자랑스러워하는 모습을 보여 주어야 아이 어깨가 올라간다. 활동물이 너무 많다면 아이의 허락을 받고 넣어 두거나 아이 입에서 버려도 좋다는 허락이 떨어지면 그때 처분하자. 독후 활동 결과물의 주인은 엄마가 아니라 아이다.

5. 필요한 재료는 언제든 쓸 수 있게 구비하자.

무엇을 좀 하려고 큰맘 먹었는데 '가위는 어디 있지?', '풀은 어제 썼는데…', '아, 색종이가 없다. 그렇다고 사러 가기는 좀….' 등 재료가 없으면 의욕이 사라져 버린다. 바구니 하나를 정해 놓고 풀, 가위, 색종이, 포스트잇, 색연필, 크레파스, 글루 건(화상을 입을 수 있으니 주의해서 다룬다.) 등을 언제든지 쓸 수 있도록 준비하자. 이왕이면 아이 친구가 왔을 때 함께 놀 수 있도록 여분도 준비하자. 아이들은 사소한 것 때문에 다투기 쉽다.

막대
인형극
놀이

막대 인형은 특별한 준비물 없이도 손쉽게 만들 수 있다는 것이 장점입니다. 막대 인형을 만들 때마다 그것을 모아 놓으면 풍성한 놀이 도구가 되지요. 『아기 돼지 삼 형제』를 읽고 만든 꿀꿀 돼지, 『머리부터 꼬리까지 멋쟁이 공룡들』을 읽고 만든 티라노사우루스와 디플로도쿠스, 『팥죽 할머니와 호랑이』를 읽고 만든 할머니랑 호랑이 등.

처음에는 아기 돼지들과 늑대를 만들어 『아기 돼지 삼 형제』에 나오는 이야기를 따라 하는 정도지만 점점 인형 식구들이 늘어나면 불쑥 호랑이가 등장해서 늑대가 혼비백산하여 도망가고, 할머니는 돼지와 호랑이에게 팥죽을 만들어 주는 등, 이야기가 풍성해집니다.

준비물: 도화지, 전단지(나무젓가락), 크레파스, 가위, 스카치테이프

놀이 방법

① 막대 인형으로 만들고 싶은 것을 그려서 오린다. 우유 곽이나 택배 박스 같은 두꺼운 종이를 뒤에 덧대거나 코팅 하면 더욱 오래 보관할 수 있다.

② 나무젓가락 또는 전단지를 둘둘 말아 만든 막대를 인형 뒷면에 스카치테이프를 이용하여 붙인다.

* 이렇게 만든 막대 인형은 그림자놀이에도 유용하다.

그림자
극장
놀이

그림자놀이에 대한 아이들의 반응은 폭발적이라는 말이 딱 어울립니다. 그림자놀이는 역사도 아주 깁니다. 저 역시 어린 시절 손으로 개, 늑대, 학 등을 만들어 놀아 주셨던 아버지의 모습이 생생하게 기억납니다. 평소 만들어 둔

막대 인형이 있나요? 없어도 괜찮습니다. 무엇으로도 그림자놀이를 할 수 있으니까요. 이야기가 있으면 더욱 실감 나니까 아이가 좋아하는 책을 읽고 시작하면 훨씬 즐거울 것입니다.

준비물: 막대 인형, 스탠드, 그림자를 비출 벽, 손, 다양한 소품들

놀이 방법

① 그림자 연극에 등장시킬 소품을 준비한다.

② 불을 끄고 화면이 될 방향으로 불빛을 비춘다.

③ 막대 인형을 움직이며 그림자놀이를 한다. 이때 막대 인형을 앞뒤로 움직이면 그림자의 크기를 조정할 수 있다.

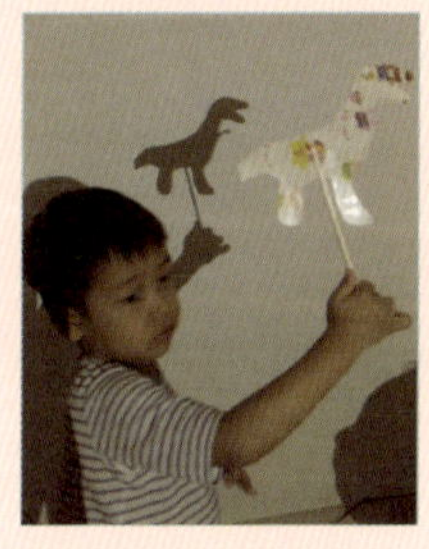

처음에 "우왕! 나는 티라노사우루스다! 너희들을 잡아먹겠다!", "무섭다, 도망가자!" 이렇게 단순하게 시작된 그림자놀이는 막대 인형이 몇 개 더 등장하고 엄마와 아빠까지 합세하면 이야기가 풍성한 그림자 극장이 만들어집니다. 아이들은 더욱 신이 나 재미있게 놀겠지요? 그렇게 노는 사이에 귀여워 보이던 그림자 공룡이 어떻게 하면 크고 무서워 보이는 공룡으로 변신하는지 터득하기도 합니다. 초등학교 과학 시간에 '빛과 그림자' 단원에서 이 원리를 배우는데, 놀이를 하면서 저절로 알게 될 테니 참 좋지요.

◾ 이 책을 읽고 놀아 보세요!

『머리부터 꼬리까지 멋쟁이 공룡들』은 여러 공룡의 모습을 보여 주는 책입니다. 머리에 긴 볏이 있는 공룡, 목이 엄청나게 긴 공룡, 등에 뾰족한 판이 줄줄이 나 있는 공룡, 발톱이 야구방망이보다 긴 공룡, 꼬리 끝에 둥글고 딱딱한 뼈가 있는 공룡까지, 다양하고 멋진 공룡들의 특징적인 모습을 조금씩 보여 줍니다. 마치 숨바꼭질하는 것 같습니다. 무슨 공룡인지 궁금해하며 다음 장을 넘기면 '짜잔!' 하고 멋진 공룡이 나타나지요. 공룡을 무서워하는 여자아이들도 좋아하는 책입니다.

융 판 놀이

　'융 판'은 말 그대로 융으로 감싼 판입니다. 일명 '찍찍이'라고 불리는 벨크로 테이프를 붙인 소품들을 붙였다 떼었다 하며 이야기를 들려 줄 수도 있고, 글자 익히기나 숫자 놀이 등에 활용할 수도 있습니다. 시중에서 구입해도 되지만 아이들과 간단히 만들 수도 있습니다.

준비물: 단단한 판(박스, 하드보드지 등), 접착 융 또는 부직포, 글루 건

놀이 방법

① 적당한 크기의 판을 준비한다.

② 접착 융은 판을 충분히 감쌀 수 있도록 사방 2~3cm 정도 여유 있게 잘라 준비한다.

③ 접착 융은 한번 붙으면 떼기 어려우므로 한쪽 끝에서부터 접착 테이프를 살살 떼어 가며 붙인다.

④ 사방을 여유 있게 남겨 둔 접착 융으로 판을 감싸 뒷면에 붙여 마무리한다. 부직포를 이용했다면 부직포를 글루 건으로 붙여 주면 된다.

소품을 더하고 싶다면?

준비물: 부직포, 벨크로 테이프, 코팅한 인형, 그 외 소품들

놀이 방법

① 코팅해 오린 그림 뒷면에 벨크로 테이프를 붙인다.

② 만들고 싶은 모양으로 부직포를 자르고 뒷면에는 벨크로 테이프를 붙인다.

* 부직포로 집, 나무, 나비 같은 모양을 만들며 놀 수도 있다.

③ 전단지나 잡지에서 오린 소품들을 코팅하여 뒷면에 벨크로 테이프를 붙인다.

낱말 카드 놀이

　유아기는 어휘력이 폭발적으로 늘어나는 시기입니다. 이때 재미와 학습, 두 마리 토끼를 모두 잡을 수 있는 방법이 낱말 카드를 이용한 놀이들입니다. 아이가 평소에 책을 보다가 흉내 내는 말(유아기 아이와 함께 낱말 카드 놀이를 할 때는 아이가 흉내 내는 말부터 시작하는 것이 좋습니다.)이 나오면 적당한 크기의 종이에 그 말들을 적어 두었다가 생각이 날 때마다 놀아 주세요. 간단해 보이지만 어휘력, 언어 구사력, 표현 능력을 향상시킬 수 있는 놀이입니다.

놀이 방법

① A4 용지를 8등분을 하여 자른다. 우유 곽을 이용하면 찢어지지 않아 오래 사용할 수 있다.

② 쓰고 싶은 낱말을 크게 쓴다. 아이가 자주 흉내 내는 말이나 책을 읽으며 아이와 함께 고른 낱말이 좋다.

③ 만든 낱말 카드는 버리지 말고 새로 만든 것과 합쳐서 논다.

낱말 카드로 할 수 있는 놀이들

1. 몸으로 표현하기

① 낱말 카드를 나누어 갖는다.

② 자기가 가지고 있는 낱말을 몸짓을 이용하여 설명하면 상대가 알아맞힌다. 예를 들어 아이가 몸짓 퀴즈를 내면 엄마가 알아맞힌다.

2. 나는 누구일까요

① 서로의 이마에 스카치테이프를 이용하여 낱말 카드를 붙인다.

② 마주 보고 서로 자기 이마에 붙은 낱말을 알아맞히기 위한 질문과 대답을 주고받는다.

③ 이때 대답은 '네.', '아니오.'로만 할 수 있다(스무고개와 비슷한 형식이다.).

④ 상대방이 준 단서를 기반으로 자기 이마에 있는 낱말을 먼저 맞히는 사람이 이긴다.

* 추론 능력도 키울 수 있는 놀이다.

3. 이야기 기차

① 낱말 카드를 같은 수로 나누어 갖는다.

② 돌아가며 낱말 카드를 꺼내 그 낱말이 들어가게 이야기를 꾸민다. 이때 한 번에 3개

까지 내놓을 수 있다. 규칙은 나름대로 정하면 된다.

③ 순서대로 낱말 카드를 꺼내되 앞사람이 한 이야기와 연결되도록 이야기를 전개한다.

④ 먼저 낱말 카드를 다 쓴 사람이 승리한다.

 예시

| 폴짝폴짝 | 팡 | 엉엉 | 털퍼덕 |

엄마: 노랑 풍선이 날아가고 있어요. 진영이는 폴짝폴짝 노랑 풍선을 잡으려고 뛰어갔어요.

아이: 그런데 풍선이 팡 터졌어요.

엄마: 진영이는 그만 너무 놀라 털퍼덕 주저앉아 엉엉 큰 소리로 울었지요.

TIP

이기는 것에 너무 열중하여 아이 신경이 날카로워지거나 이야기가 말도 안 되는 방향으로 진행될 것 같으면 처음에는 낱말 카드를 같이 사용하세요. 이 놀이를 하다 보면 아이의 이야기 구성 능력이 놀랍게 향상됨을 느낄 수 있습니다. 이야기가 매끄럽게 진행되도록 엄마 차례가 되었을 때 이야기 기차의 방향을 잡아 주는 것이 중요합니다. 낱말 카드와 함께 막대 인형들을 동원해서 읽었던 책 내용을 각색하는 재미 역시 쏠쏠합니다.

달력 책 만들기

날짜 지난 탁상용 달력을 이용하여 나만의 책을 만들면 어떨까요? 분명 의미가 있을 것입니다. 긴 이야기를 간추려 구성하기도 하고, 재미있게 읽은 그림책에 나오는 그림을 나름의 방법으로 표현해서 꾸미는 재미도 쏠쏠합니다. 만들기를 마치면 청중을 앞에 놓고 달력 책을 넘겨 가며 발표해 보는 것도 좋습니다. 달력 책 만들기는 아이의 발표력과 구연 능력, 이야기 구성력, 꾸미기 실력, 사회성 등을 고루 기를 수 있는 독후 활동입니다.

준비물: 탁상용 달력(두꺼운 스프링 노트), 색지, 크레파스,
가위, 풀, 반짝이 풀, 색종이 등(그림 그릴 재료들)

만드는 방법

① 몇 장의 책을 만들지 결정하고, 그에 맞게 이야기를 구성한다.

② 이야기에 어울리는 그림을 생각한다.

③ 달력을 색지로 붙여 바탕을 만든다.

④ 앞면은 그림, 뒷면은 이야기로 꾸민다. 뒷면은 이야기를 하는 사람이, 앞면
은 이야기를 듣는 사람이 보는 것이므로 순서를 잘 맞추어야 한다.

⑤ 색지에 여러 가지 방법으로 그림을 그린다. 따로 그려 오려 붙이기, 직접 그
리기, 콜라주 방식으로 표현하기, 어두운 바탕에 글루 건을 이용해 그리기 등이
있다.

⑥ 완성되면 내가 만든 책에 사인을 한다.

⑦ 청중 앞에서 그림책을 읽어 준다.

세모
네모
도형 놀이

READING

세모, 네모, 동그라미처럼 아이에게 익숙한 도형을 이용하여 꾸미기를 하는 것입니다. 무엇보다 인원과 장소에 구애받지 않고 언제 어디서나 간단한 준비만으로 즐길 수 있다는 큰 장점이 있습니다. 게다가 도형의 개념을 알 수 있으며 아이의 관찰력, 공간 지각 능력, 언어 구사력, 창의력과 예술적 감각을 키울 수 있는 가성비 최고의 놀이입니다.

준비물: 색종이, 보드용 마커 펜, 유리용 마커 펜, 화이트보드나 유리 바닥 식탁, 가위, 동그라미와 세모, 네모 모양의 물건들

놀이 방법

① 색종이를 이용하여 다양한 모양의 도형을 만들어 준비한다. 동그라미를 만들기 어렵다면 문구점에서 동그라미 색종이를 구입하면 된다. 그리고 물병 뚜껑, 책, 자와 같은 세모, 네모, 동그라미 모양의 물건들도 동원한다.

② 바닥에서 도형을 이용하여 여러 가지 모양을 만든다. 좋아하는 기차, 집, 자동차, 나비 등 구애받지 않고 만든다.

③ 마커 펜으로 그림을 완성한다. 유리에 그리면 수없이 고쳤다 지웠다 할 수 있다.

④ 모양을 만들면서 어울리는 동요를 불러도 좋고, 이야기를 구성해도 재미있다.

* 유리 바닥 식탁이나 테이블은 다용도로 활용하기 좋다. 밑에는 흰색 종이를 깔자. 마커 펜만 있으면 칠판도 스케치북도 되기에 따로 화이트보드가 필요없다.

엄마: 세모랑 네모랑 만나서 집이 되었어요.

아이: 동그라미가 모이면 꽃이 되어요.

엄마: 어? 나비가 왔어요. (동요 〈나비야〉의 '나비야, 나비야, 이리 날아오너라. 노랑 나비 흰나비 춤을 추며 오너라.'를 부른다.)

아이: 자동차가 지나가요.

엄마: 이번에는 기차를 만들어 볼까요? 같이 만들어 주세요. 칙칙폭폭 칙칙폭폭! (동요 〈기찻길 옆 오막살이〉의 '기찻길 옆 오막살이, 아기 아기 잘도 잔다.'를 부른다.)

『싹둑싹둑 색종이 놀이』를 읽고서 알록달록 색종이를 잘라서 재미있는 놀이를 해 봐요. 동그란 얼굴의 토끼와 곰, 그리고 동글동글 한 것이 또 무엇이 있을까요? 이번에는 '네모' 차례네요. 네모난 사자 얼굴이 나타났어요. 단순한 세모, 네모, 동그라미를 가지고

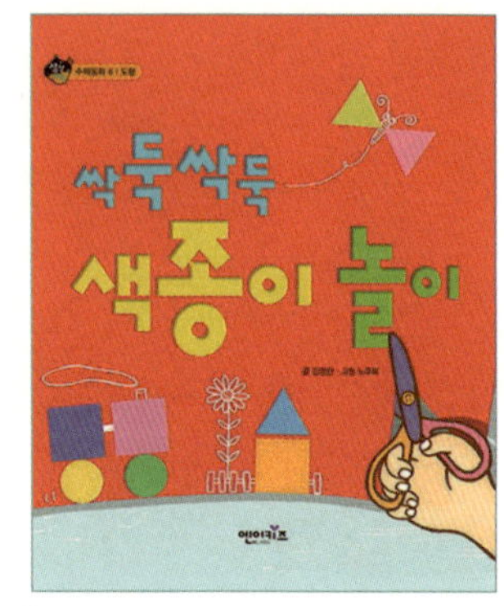

『싹둑싹둑 색종이 놀이』

아이들의 상상력과 구성력을 무한대로 자극할 수 있습니다. 싹둑싹둑 색종이 놀이를 하며 도형들을 익힐 수도 있고요. 창의적으로 나비와 물고기, 또 비행기를 만들며 즐겁게 놀 수 있습니다.

07

마술
주머니
놀이

주머니에 손을 넣으면 무엇이 나올까요? 눈을 감고 주머니에 손을 쏙 넣어 손으로 전해 오는 촉감만으로 그것이 무엇인지 알아맞히는 놀이입니다. 무엇이 있는지 모르기 때문에 두려운 마음도 있지만 그것을 이겨 내고 손을 넣어 봅니다. 앗! '물컹'거리는 이것은 무엇일까요? 알고 있는 온갖 배경지식을 동원해 봅니다. 내가 맞히는 것도 재미있지만 "이제 엄마 차례!"라고 하면서 엄마를 깜짝 놀라게 만들 물건이 무엇일까 궁리하는 것도 큰 즐거움입니다.

준비물: 헝겊 주머니(주머니 가방),
주머니 속에 넣을 소품(솜, 돌멩이, 지우개, 스카프 등)

놀이 방법

① 한 사람이 주머니에 술래가 알아맞힐 물건을 몰래 넣는다.

② 술래는 주머니에 손을 집어넣어 주머니에 있는 물건을 만져 본다.

③ 짐작 가는 것이 있으면 답을 말하고 꺼내서 확인한다.

* 주머니를 기다랗게 만들면 더 재미있다.

협력 게임

① 두 명씩 짝을 지어 한 팀을 이룬다.

② 상대 팀이 알아맞힐 물건을 주머니에 넣는다.

③ 상대팀 한 명이 주머니에 손을 넣어 물건을 만진다. 그리고 그것의 촉감을
같은 팀 짝에게 자세히 설명한다.

④ 같은 팀 짝이 말하는 것을 잘 듣고 주머니 속 물건이 무엇인지 알아맞힌다.

⑤ 더 적은 수의 설명을 듣고 답을 말한 팀이 이긴다.

TIP　　서로가 협력하는 게임이라 함께 게임을 하며 아주 친해질 수도
있지만 마음대로 안 되면 서로를 원망하기도 합니다. 유아기 아이들이니까요. 그것도
의미가 있습니다. 아이들이 친하게만 지낼 수는 없죠. 갈등을 겪고, 그것을 해결하는
방법을 배우면서 자라니까요.

투명 주머니

준비물: 화이트보드(또는 유리를 깐 식탁), 마커 펜

놀이 방법

① 주머니 모양을 큼직하게 그려 준다.

② 주머니 입구에 주머니 속 물건을 상상할 만한 그림을 그려 준다.

③ 밖으로 나온 그림을 단서로 마음껏 상상해 그림을 완성한다.

**TIP**　아이들과 이 놀이를 하면 처음에는 단순한 그림이 나오다 차차 '어떻게 이런 생각을?' 하고 깜짝 놀랄 수도 있습니다. 놀랄 준비가 되었나요?

◼ 이 책을 읽고 놀아 보세요!

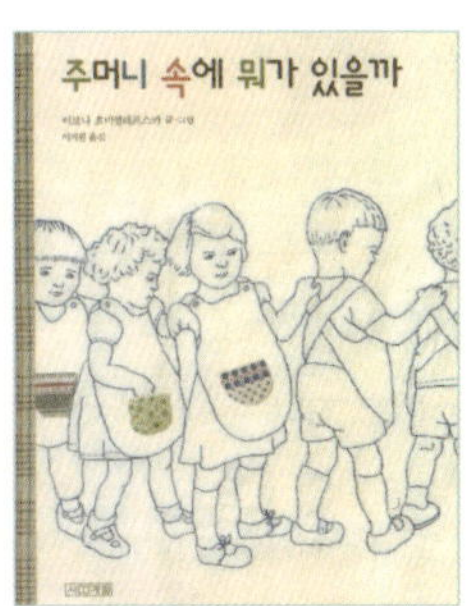

『주머니 속에 뭐가 있을까』

『주머니 속에 뭐가 있을까』를 읽어 보세요. 주머니 밖으로 살짝 드러난 모양을 보고 주머니 속에 무엇이 들어 있을지 맞추어 보세요. 깡충깡충 뛰는 토끼가 들어 있나요? '아~!' 하고 콩을 받아먹는 새도 들어 있네요. 수수께끼처럼 주머니 속에 든 것이 무엇인지 생각하고, 맞히는 재미가 있는 책입니다. 무엇이 들었는지 알 수 없는 마술 주머니 놀이와 연계해서 놀아 보세요.

08

도장 찍기
놀이
(물감 놀이)

아이의 놀이에 적극 동참하는 엄마라도 '아, 이건 좀….' 하는 것이 있다면 집 안이 지저분해지는 놀이입니다. 특히 물감은 꺼려지는 재료 중 하나지요. 하지만 아이들은 평소 금기시되던 놀이를 할 때면 열 배는 더 좋아합니다. '오늘 놀고 빨면 되지, 뭐.' 하고 실컷 놀아 보세요. 엄마가 어렸을 때를 생각해 보면 아이가 어떤 놀이를 좋아할지 짐작 가죠? 비 온 뒤 길을 걸으면 꼭 흙탕물이 있는 곳으로 지나가고, 웅덩이가 있으면 두 발로 물을 튀기면 참 재미있지 않았나요? 그러니 우리 아이들에게도 가끔은 마음껏 지저분해지는 것을 허락해 주면 어떨까요?

준비물: 도화지 또는 전지(아이들은 놀 수 있는 판이 클수록 좋아한다),
스펀지 도장, 채소에 간단한 모양을 조각한 도장, 음료수 병 등 무엇이든
도장으로 쓸 만한 것, 팔레트로 쓸 포장 용기나 플라스틱 접시, 물감

놀이 방법

① 도장으로 쓸 도구를 준비하고 채소에 간단한 모양을 조각한다.

* 아이들이 칼을 사용하는 것은 위험할 수 있으니 엄마가 도와주자.

② 스펀지를 다양한 크기로 자른다. 모양을 내서 오리면 더 좋다.

③ 따로 모양내지 않아도 주위 물건들을 도장으로 사용할 수 있으니 그대로 이용해도 좋다. 손가락, 발가락, 낙엽 등도 좋은 소재다.

④ 플라스틱 접시에 물감을 짜서 준비한다.

⑤ 준비한 도장에 물감을 묻혀 흰 종이에 찍는다. 다양한 모양을 표현한다.

⑥ 뒷정리는 아이들과 함께한다.

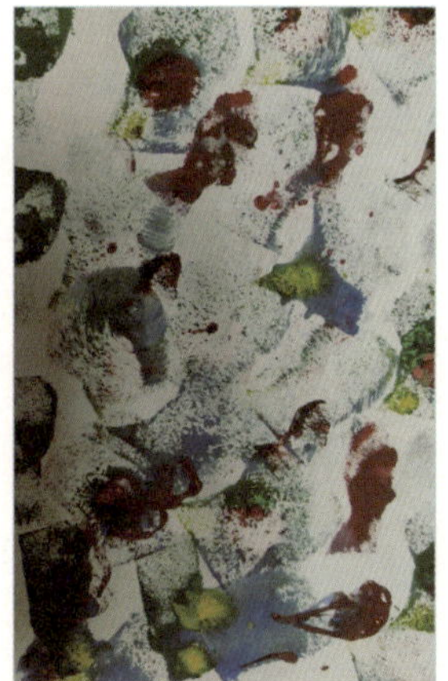

『으뜸 헤엄이』에 나오는 작고 까만 물고기는 큰 물고기가 자신을 잡아먹을까 무서워 숨어만 지내는 다른 작은 물고기들에게 힘을 모아 큰 물고기에 맞서자고 합니다. 작은 물고기들은 힘을 모아 큰 물고기 모양을 만들어 함께 헤엄칩니다. 이제는 큰 물고기가 작은 물고기들을 보면 도망가네요. 각자 맡은 역할을 다해 공동의 적을 물리치는 장면을 연출해 보세요. 혼자서 하는 것보다 형제자매, 친구와 힘을 합해 만들면 더욱 값진 경험을 얻습니다.

『으뜸 헤엄이』

09

주사위 놀이

　특별한 장난감이 없던 시절 주사위 놀이는 실내에서 하는 놀이로 제격이었지요. 주사위 판도 직접 그렸어요. 누군가 앞서가는 것 같다가도 뒤에서 추격하던 다른 말에 잡혀 그만 원점에서 다시 시작하는 것이 그렇게 재미있을 수가 없었습니다. 제가 어렸을 때 재미있게 놀았던 주사위 놀이는 요즘 아이들도 정말 좋아하는 놀이입니다. 아이와 함께 책을 읽고 주제에 맞게 직접 놀이판을 만들어 보세요. 중간에 함정도 만들고, 보너스 칸도 빠뜨릴 수 없습니다. 직접 주사위 판을 만들면 아이들만이 생각해 낼 수 있는 아이디어가 퐁퐁 샘솟습니다. 주사위 판을 만들어 놀기에는 『좁쌀 한 톨로 장가든 총각』, 『복 타러 간 총각』, 『팔려 가는 당나귀』와 같이 사건의 과정이 잘 드러난 이야기가 좋습니다.

놀이 방법

① 도화지에 주인공이 지나간 곳이 잘 드러나게 길을 그린다.

② 적당하게 칸을 나누고 중간중간 퀴즈, 함정, 보너스 등을 섞어 주사위 판을 완성한다.

③ 각자 사용할 말을 준비하여 놀이를 시작한다.

* 주사위는 아랫부분을 자른 우유 곽 2개를 마주 끼워 손쉽게 만들 수 있다.

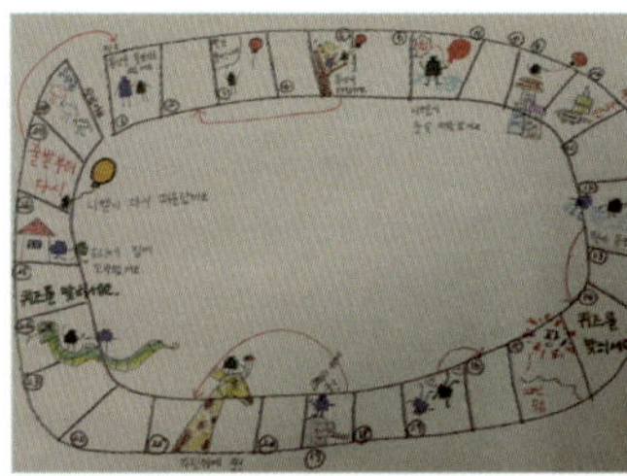

■ 이 책을 읽고 놀아 보세요!

『동생 돌보기는 정말 힘들어』의 주인공인 틴에게 엄마가 동생을 돌봐 달라고 부탁했습니다. 그런데 동생이 풍선을 타고 둥실둥실 하늘로 오르는 것이 아닌가요? 큰 도시로 가더니 또 동물원으로 향합니다. 틴이 동생을 찾으러 다니는 과정을 주사위 판에 재미나게 꾸며 보세요. 이전에 읽었던 책에 나오는 주인공을 등장시켜도 좋습니다.

10

바바빠빠
놀이
(밀가루 반죽 놀이)

아이들 촉감 놀이로 밀가루 반죽 만한 게 없습니다. 물론 완구점에서 촉감놀잇감을 얼마든지 구입할 수 있지만 직접 만들어 놀면 더 즐겁습니다. 밀가루 반죽을 만드는 과정부터 아이들을 참여시켜 반죽하기 전 밀가루의 매끄러운 감촉을 만지며 즐기고, 또 직접 반죽하면서 밀가루가 말랑말랑하게 변하는 과정을 경험시켜 주세요. 아이에게 '내가 만든 장난감'이 주는 만족은 유능한 자기를 확인하는 중요한 과정입니다. 자존감은 억지로 만들어지는 게 아니라 이러한 과정들을 통해 차곡차곡 쌓이지요.

준비물: 밀가루 1컵 반, 소금 1Ts, 식용유 2Ts, 물 8Ts,
물감(유아용 물감 또는 식용 색소를 사용하면 안전하다.)

놀이 방법

① 적당한 크기의 볼을 준비하고 분량의 밀가루에 소금, 식용유, 물감을 넣는다.

② 물을 조금씩 넣어 가며 반죽한다. 반죽은 수제비 반죽 정도가 적당하다.

③ 물감을 넣어 원하는 색 반죽을 만든다.

④ 열심히 반죽한 밀가루를 갖고 신나게 논다.

⑤ 반죽을 냉장고에 보관하면 며칠 동안 놀 수 있다.

⑥ 반죽이 많으면 일부를 냉동실에 보관했다 다시 꺼내서 놀 수도 있다.

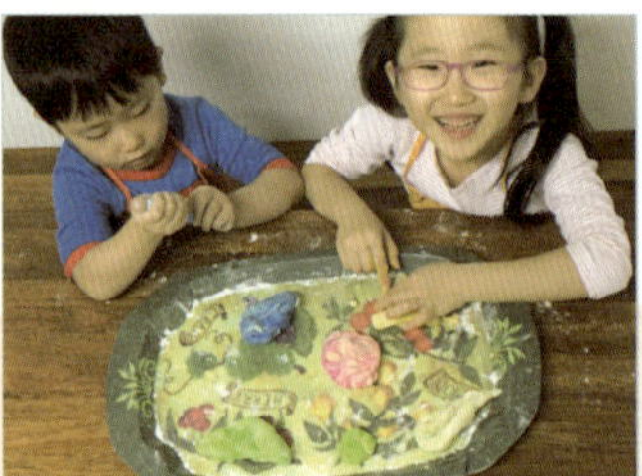

■ 이 책을 읽고 놀아 보세요!

『바바빠빠』의 주인공 바바빠빠는 프랑수아네 집 꽃밭에서 태어났습니다. 바바빠빠는 프랑수아와 한눈에 친구가 될 줄 알았습니다. 하지만 너무 커 버린 바바빠빠는 더 이상 집에서 살 수 없었어요.

『바바빠빠』

마음먹은 대로 모양을 바꿀 수 있는 바바빠빠는 위험에서 사람들을 구하고 다시 어린이의 친구가 됩니다. '나한테 바바빠빠 같은 친구가 있다면?' 또는 '내가 바바빠빠라면?', 이런 상상을 하면서 주위의 무엇이든 가지고 마음껏 만들기 놀이를 해 보세요.

11

알도 만들기
(마음속
비밀 친구 갖기)

알도는 나하고만 통하는 비밀 친구입니다. 알도가 있으면 얼마나 마음이 든든한지 모릅니다. 세상에 겁나는 것이 없지요. 알도는 잠들 때면 꼭 찾았던 아기용 포대기일 수도 있고, 말랑말랑한 강아지 인형일 수도 있습니다. 아이가 성장하면 알도는 더 이상 눈에 띄지 않아도 괜찮습니다. 눈에 보이지 않아도 마음속에서는 언제나 함께하고 있으니까요. 필요할 때면 마음에서 나와 "힘을 내.", "너를 사랑해.", "넌 할 수 있어."라고 하면서 함께 있어 주니까요. 무엇보다 내가 만든 알도는 비싸게 주고 산 어떤 인형보다 소중합니다.

준비물: 촉감 좋은 헝겊(예쁜 무늬가 있으면 좋다.) 또는 캐릭터 양말,
단추 또는 시판용 인형 눈 2개, 글루 건, 실, 바늘, 가위, 솜

놀이 방법

1. 헝겊으로 만들기

① 헝겊에 만들고 싶은 모양을 그려 앞판과 뒤판, 2장을 오린다. 아이와 함께 만들어야 하기에 모양은 단순한 것이 좋다.

② 솜을 넣을 구멍을 남기고 바느질한다.

③ 구멍을 통해 뒤집는다.

④ 솜을 넣은 뒤에 구멍을 꿰매 마무리한다.

⑤ 단추 또는 시판용 인형 눈으로 눈을 만들어 준다.

* 헝겊 인형은 촉감이 좋아 인형 만들기에 제격이지만 아이에게는 바느질이 부담될 수 있다. 엄마가 도와주자.

2. 캐릭터 양말로 만들기

① 캐릭터 양말 한 짝을 뒤집는다.

② 막힌 쪽이 인형 다리가 될 부분이다. 다리가 될 만큼 표시해서 가위로 자른 후 꿰맨다.

③ 발목 쪽으로 뒤집어 솜을 넣고 솜이 빠져나오지 않도록 바느질한다.

④ 팔이 없어 허전하다 싶으면 팔 부분을 몇 바늘 꿰맨다.

* 아이도 쉽게 만들 수 있는 이 인형은 보기에는 허술하지만 의외로 아이들이 애착을 갖고 좋아한다.

『알도』의 주인공 여자아이는 자기가 좋아하는 토끼 인형에 생명을 부여합니다. 이름은 '알도'라고 지었습니다. 그리고 외로울 때, 무서울 때마다 알도와 이야기를 나누고 알도와 놀지요. 알도는 주인공을 괴롭히는 아이들을 혼내 주기도 합니다. 알도는 심심하면 놀아 주고, 어려운 일이 있을 때면 도와주는 든든한 친구입니다.

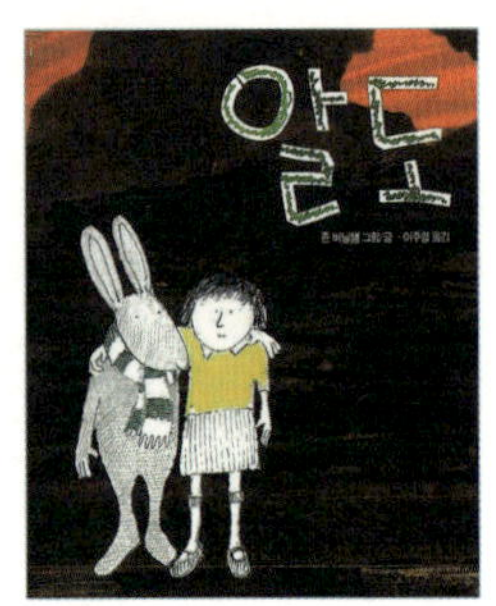

『알도』

『파란 캥거루야, 학교 가자!』에 나오는 파란 캥거루는 이제 초등학교에 가야 하지만 어쩐지 학교가 두렵기만 한 아이에게 힘이 되어 줍니다. 나는 괜찮은데 같이 학교에 가는 파란 캥거루가 선생님을 무서워할 것 같아서, 파란 캥거루가 배가 아파서 학교에 갈 수 없다고 말하는 주인공을 보면 새로운 도전은 쉽지 않다는 것을 알 수 있지요. 왜냐하면 파란 캥거루가 바로 '나'이니까요. 특히 초등학교 입학을 앞둔 아이들의 마음을 공감해 줍니다. 그래서 책을 읽으면 마음에 파란 캥거루를 하나씩 품고, 용기 낼 수 있을 것 같습니다.

5장

유아 독서 지도
Q&A 10
—이럴 땐 이렇게

아이에게 책을 읽어 주려고 하거나 보다 효과적으로 독서 지도를 하려다 보면 당연히 궁금한 점이 많이 생깁니다. 30년 가까이 독서 지도를 하면서 경험한, 자주 듣는 질문과 엄마들이 궁금해하는 점을 모아 상세하게 답했습니다.

혼자서는
책을 안 읽으려고
하는 아이

READING

우리 아이는 한글을 깨친 지 꽤 되었는데도 혼자서는 책을 안 읽고 꼭 저에게 읽어 달라고 합니다. 이러다 제가 읽어 주지 않으면 아이가 책을 안 읽을까 걱정이에요.

혼자서도 충분히 책을 읽을 수 있을 것 같은데 왜 계속 엄마에게 읽어 달라고 하느냐고요? 가장 큰 이유는 아이 혼자 읽으면 '재미없기' 때문입니다. 아이가 혼자서도 충분히 책을 읽을 수 있다고 생각하는 것은 엄마의 오해입니다. 아직 초등학교 입학 전인 아이들은 글자를 읽을 수 있다 뿐이지 책에 나오는 이야기를 잘 이해할 수 있는 것은 아니랍니다. 이 또래 아이들이 보는 그림책은 글자가 전달하는 것보다 그림이 전달하는 내용이 훨씬 중요도가 큽니다. 그래서 엄마가 책을 읽어 줄 때 아이는 귀로는 엄마가 들려주는 이야기를 듣는 한편 눈으로는 그림을 보면서 그림책을 감상합니다. 하지만 혼자 읽을 때는 글자를 읽느라고 그림을 놓쳐 제대로 재미를 느끼기 어렵습니다. 게다가 책을 보다 보면 무슨 뜻인지 모르는 낱말도 있고, 내용이 이해 가지 않는 부분도 있습니다. 엄마가 읽어 줄 때는 물어볼 수 있지만 혼자서는 그게 안 되니 당연히 재미없지요. 아이들에게 재미없는 책이란 어려운 책이라는 말과 일맥상통하거든요. 그러면 아이는 점점 책을 멀리하겠죠?

아이가 더듬더듬 아는 글자를 찾아 읽는 단계를 지나 어지간한 글자를 혼자 읽을 수 있으면 엄마는 이제 아이에게 책을 읽어 주는 의무에서 조금이나마 벗어날 수 있지 않을까 기대합니다. 물론 아이에게 책을 읽어 주는 것이 즐겁지만 엄마도 여유 시간이 필요하니까요. 하지만 조금만 더 아이와 함께 책 읽는 시간을 가져 주세요. 적어도 초등학교 2학년은 되어야 혼자서 책 읽을 능력이 생긴답니다. 물론 이후에도 시간을 내어 아이에게 책 읽어 주는 것을 권장합니다. 아이에게 엄마와 함께 책을 읽는다는 것은 단순히 책을 읽는 행위가 아니라 소중한 엄마와 시간을 보낸다는 의미가 크다는 것은 잘 알고 있으리라 생각합니다. 또 엄마가 책을 많이 읽어 주면 귀로 듣는 연습이 쌓여 유치원에서, 그리고 학교에서 선생님 말씀을 잘 듣고 학습할 수 있답니다.

아이가 혼자서는 책을 읽지 않고 엄마에게 읽어 달라고 하는 다른 이유는 엄마의 관심을 받고 싶은 마음입니다. 민경이가 그런 사례입니다. 민경이는 다섯 살이 채 안 되었을 때 한글을 깨쳤고, 어휘력도 상당해서 어지간한 그림책은 혼자 읽을 정도인데도 구태여 엄마를 찾았습니다. 동생 때문이었습니다. 민경이가 여섯 살이 되었을 때 동생이 생겼습니다. 그동안 민경이만 예뻐하던 엄마가 동생이 태어난 이후로는 "민경이는 언니잖아."를 앞세워 무엇이건 혼자 하라고 할 때가 잦아졌습니다. 아무리 언니라고 해도 아직 여섯 살 아이인데 당연히 섭섭하지요. 그래서 민경이가 엄마를 차지하기 위해 선택한 방법은 책을 읽어 달라고 하는 것이었습니다. 그때만큼은 엄마가 민경이에게 집중해 주기 때문입니다. 그래서 민경이는 혼자 책을 읽을 수 있는데도 불구하고 계속해서 책을 읽어 달라며 엄마를 찾았죠.

민경이처럼 동생이 생겨 엄마 혼자서는 아기 돌보기와 아이 책 읽어 주기를 모두 하기 어려울 때는 아빠가 책 읽어 주기에 적극 참여하면 좋습니다. 그러면 첫째 아이는 이전보다 많은 시간을 자신과 보내 주는 아빠가 있다는 것에 어깨가 으쓱해지고, 동생에게 엄마를 조금 양보해야겠다고 마음먹을 수도 있습니다. 『피터의 의자』를 읽어 주면 딱 맞겠네요. 그리고 첫째 아이와 아빠가 함께 나서 동생에게 책을 읽어 주는 것도 훌륭한 놀이이자 해결 방안일 수 있습니다. 책 읽기에 능숙해지고, 칭찬도 듬뿍 받을 수 있을 테니 엄마의 기대보다 빨리 혼자서도 책을 잘 읽는 아이가 될 수 있지 않을까요?

글자는
안 읽고
그림만 보는 아이

아이 혼자 그림책을 볼 때, 책에 나오는 글자는 안 보고 그림만 보는
것 같아 걱정입니다.

아이가 그림책을 볼 때 글자는 안 보고 그림만 보는 것을 엄마가
알아차렸다니 참 다행입니다. 아이가 어느 정도 글자를 읽을 수 있으
면 엄마들은 차츰 젖떼기를 시작합니다. 그런데 너무 일찍 젖떼기를
하면 몇 가지 부작용이 생깁니다. 책을 꼼꼼하게 보지 않고 대충 읽
는 습관이 생긴다거나, 자기 수준에 맞지 않는 책을 마치 이해하고
읽은 양 재미있다고 해 가며 거짓 실력을 쌓아 가는 것입니다. 제일
심각한 일은 아이가 책을 자기 마음대로 읽어도 엄마가 눈치채지 못

하는 것입니다. 그렇기 때문에 아이가 글자를 읽을 수 있더라도 조금 천천히 젖떼기를 시도하는 것이 바람직합니다.

성공적으로 젖떼기를 하고 아이에게 책 읽기를 넘긴 후에도 고비는 찾아옵니다. 아이가 "엄마, 목 아파!"라고 말하는 것입니다. 그렇지요. 아이가 책 한 권을 끝까지 소리 내어 읽는 것은 힘든 일입니다. 그러면 엄마는 "그럼 소리 내지 말고 눈으로만 읽어도 괜찮아."라고 합니다. 큰 소리로 읽으면 더욱 좋겠지만 아이가 목이 아프다니까요. 목이 아프면 책을 많이 못 읽을 테니 엄마는 아이가 책을 많이 읽기 바라는 마음으로 눈으로 읽으라고 합니다. 그렇게 빠르면 여섯 살 무렵부터 눈으로 책을 읽기 시작하면 책의 내용을 묻기 전에는 아이가 책을 잘 읽고 있는지 확인할 길이 없습니다. 매번 물어보자니 아이가 부담을 느낄 수도 있고, 그러다가 아예 책을 안 읽을까 봐 대개 그냥 두지요. 그리고 책이 재미있는지 정도를 묻습니다. 그러면 아이는 "응, 재미있어."라고 대답합니다. 그런데 아이의 재미있다는 말은 정말 잘 읽고 재미를 느껴 하는 대답일 수도 있지만 엄마에게 하는 선심용 대답일 수도 있습니다. 그래서 아이가 책을 빨리 읽거나 너무 늦게 읽는 것은 아닌지, 어떤 장면을 유심히 보는지를 잘 관찰해야 합니다.

엄마가 책을 읽어 주면 아이는 엄마가 읽어 주는 이야기에 귀를 기울이면서 어렵지 않게 이야기의 흐름에 따라갈 수 있습니다. 그런데 혼자서 읽으면 유난히 관심 가는 그림이 있거나 흥미로운 이야기가 있을 때, 그것에 푹 빠져 이야기의 흐름을 놓치는 경우가 왕왕 생김니다. 엄마가 몇 번 읽어 주었던 책이면 그림만 보거나 잠깐 딴생각에 빠지더라도 괜찮습니다. 엄마가 읽어 주었던 것을 기억해 재미있게 볼 수 있으니까요. 그러나 계속 그런 식으로 책을 읽게 둘 수는 없습니다.

이럴 때는 익숙한 책 대신에 새로운 책을 주고 "엄마가 어떤 이야기인지 궁금하니까 읽은 다음에 엄마에게 이야기해 줘." 하고 아이가 집중해서 책 읽을 동기를 주면 어떨까요? 또 아이 옆에 앉아 어떤 내용인지 엄마에게 이야기하게끔 하는 방법도 있습니다. 일방으로 하지 말고 엄마와 아이가 서로에게 책에 나오는 그림의 내용을 잘 말하는지 판단하면 좋습니다. 센스 있는 엄마라면 내용을 살짝 다르게 말하겠죠? 엄마가 잘못 말한 것을 콕 집는 재미에 아이는 그림은 물론 글자까지 아주 열심히 읽는답니다.

기초적인 책 읽기 습관이 잡혀 가는 시기에 엄마가 조금만 더 관심을 갖고 아이를 지켜보면 좋은 읽기 습관을 자리 잡게 할 수 있습니다.

03

책 읽어 줄 때
딴짓하는
아이

바쁜 시간을 쪼개서라도 아이에게 되도록 많은 책을 읽어 주려고 노력합니다. 그런데 우리 아이는 제가 열심히 읽어 줄 때 집중해서 듣지 않고 자꾸만 딴짓을 해요.

쉬고 싶은 유혹을 힘겹게 뿌리치고 아이에게 성심성의껏 책을 읽어 주는데 정작 아이가 집중해서 듣지 않고 집 안을 돌아다니거나 자꾸 엉뚱한 말을 하면 나도 모르게 화가 납니다. 그런데다 옆집에서 놀러 온 아이는 "아줌마, 재미있어요. 또 읽어 주세요."라며 눈을 말똥거리면 더 부아가 치밀지요. 어떻게든 내 아이의 관심을 끌어 볼까 하고 "응, 그래. 아줌마가 책 읽어 주니까 정말 재미있지?", "우리 이번에는 어떤 책 읽을까?" 하며 일부러 큰 소리로 말하지요. 그런데 또 내 아이는 간식을 꺼내 와서는 함께 먹자고 하지 않나, 안 하던 엉뚱한 몸짓을 하기도 합니다. 속에서 불이 날 법도 하지요.

아이에게 자신의 행동을 칭찬하고 격려해 주는 엄마가 필요한 것처럼 엄마 역시 그와 비슷한 반응이 필요합니다. 가장 좋은 반응은 잘 듣는 것입니다. 그래야 또 읽어 주고 싶죠. 아이의 반응이 영 시원치 않다면 아무리 엄마라도 책 읽어 주는 재미를 잃겠지요? 아이를 위해서도, 엄마를 위해서도 책 읽어 줄 때 딴짓하는 아이를 어떻게 해야 좋을지 방법을 찾아야겠습니다.

우선 엄마가 '딴짓'이라고 생각하는 행동이 아이에게는 '딴짓'이 아닐 수 있음을 알아야 합니다. 아이가 책을 읽고 있는 친구에게 간식을 가져온 것은 맛있는 음식을 자랑하고 싶어서일 수 있습니다. 엉뚱한 말과 행동은 좋아하는 친구 앞에서 쑥스러워 하는 행동일 수도 있지요. 장난감을 들고 나와 만지작거린다면 '지금은 이 장난감을 가지고 놀고 싶어요.'라는 의사 표현입니다. 아이가 책에 집중을 못한다면 그 이유가 무엇인지부터 알아채 보세요. 만약 아이에게 지금 책 읽는 것 보다 중요한 것이 있다면 잠깐 책 읽는 시간을 그것에 양보하는 것도 괜찮습니다.

그런데 특별한 이유 없이 말 그대로 '딴짓'을 하는 것이라면 어떻게 할까요? 엄마가 책을 읽어 주는데 특별한 이유 없이 딴짓하는 것은 아이가 아직 '책의 재미'를 모르기 때문입니다. 따라서 지금부터라도 '책의 맛'을 알 수 있도록 도와주어야 합니다. 먼저 아이가 관심

있어 하는 주제를 담은 쉬운 책부터 시작하면 좋습니다. 시간은 5분에서 10분을 넘지 않게 합니다. 책의 재미를 모르는 아이에게는 5분, 10분도 30분 이상으로 길게 느껴질 테니까요. 이도저도 아닌데 엄마가 책을 읽어 줄 때 딴짓한다면 읽어 주는 책이 아이의 수준에 맞는지 점검해야 합니다. 또래 아이들이 보는 책을 읽어 주더라도 내 아이는 아직 그 책을 이해할 수준이 아닐 수 있습니다. 아이가 읽어 주는 책을 지루해하고 다른 데 관심을 쏟는다면 책의 수준을 조금 낮추어 보세요.

동생 책 또는
형 책을
좋아하는 아이

R E A D I N G

초등학교 2학년인 형은 동생이 보는 그림책을 보려고 하고, 일곱 살인 동생은 형이 보는 책을 보려고 해요.

형제가 있는 집을 보면 동생이 영민해서 글자도 빨리 익혔을 뿐만 아니라 형보다 학습력이 뛰어난 경우가 많습니다. 엄마가 형에게 책을 읽어 주거나 공부를 가르칠 때 어깨 너머로 보고 배운 게 쌓여 가르치지 않았는데도 알아서 깨친 영특한 아이가 된 것이지요. 그 동생이 요즘은 형 읽으라고 사다 준 책을 읽기 시작했습니다. 반대로 형은 읽으라는 책은 뒷전이고 동생 그림책을 읽으면서 "이 책은 너무 쉬워.", "나도 이렇게 쉬운 책 읽으면 좋겠다."고 합니다. 이 모습을 본 엄마는 두 아이에게 "재미있니?" 하고 똑같이 묻는데 억양이 다릅니다. 형에게는 다소 비꼬는 듯한 어투지만 둘째에게는 대견하다는 느낌을 가득 담아 묻지요.

이 상황에서 엄마는 동생이 보는 그림책을 보면서 재미있어하는 첫째를 못마땅해할 필요도, 또 형의 책을 보는 동생을 기특하게 생각할 것도 없습니다. 우선 첫째가 왜 자기 책은 뒤로 미루고 동생이 보는 책만 보려고 하는지의 이유부터 찾아야 합니다. 그 이유는 엄마가 첫째 아이에게 읽으라고 권해 준 책이 그 아이가 읽기에 너무 높은 수준일 가능성이 가장 많습니다. 아마도 엄마는 첫째 아이를 위해 책을 고를 때 '이 책 정도는 읽어야지.' 하는 책을 골랐을 것입니다. 유명 서점에서 발표한 권장 도서 목록이나 주위의 같은 또래들이 읽는 책 등을 참고했겠지요. 그러나 아무리 좋은 책이라도 아이 수준에 맞지 않으면 어렵고 재미없는 책이 되고 맙니다. 다른 사람이 입었을 때 멋져 보이는 옷이 내가 입었을 때에는 그저 그럴 수 있는 것과 같습니다.

이번에는 엄마가 자랑스럽게 생각하는 둘째 아이 이야기를 해 볼까요? 형 책을 보는 동생을 보면 '이 아이가 책의 내용이나 알면서 읽는 것일까?' 하는 생각이 들어 "재미있니?"라고 물으면 아이는 "재미있어."라고 답합니다. 그러면 엄마는 '정말 재미있나 보다. 내가 그동안 책을 많이 읽어 주었더니 확실히 효과가 있네.' 하고 기특한 마음을 가질 것입니다. 그러나 그 전에 둘째가 계속 형 책을 봐도 괜찮을지를 면밀하게 생각해야 합니다. 눈치 빠른 둘째는 자신이 형 책을 읽을 때 보였던 주변의 반응을 얼른 알아차리고 자꾸 자기보다 높은 수준의 책을 읽으려 할 수도 있기 때문입니다.

물론 책을 읽고 이해하는 능력이 뛰어나 또래보다 수준 높은 책을 읽는다면 신경 쓸 일이 아니지요. 하지만 그게 아니라 주위의 반응에 호응해서 수준 높은 책을 보는 척하는 것이라면 아이가 지금 자신의 수준에 맞는 책을 먼저 읽도록 신경 써 주어야 합니다. 이미 글자를 읽을 수 있으니 초등학교 2학년인 형이 읽는 책뿐 아니라 그보다 어려운 책이라도 읽을 수는 있습니다. 그렇다고 해도 내용을 제대로 이해하기는 어렵습니다. 책을 읽고 제대로 이해하기 위해서는 그만한 경험이 밑바탕이 되어야 합니다. 이를테면 인지적 능력만이 아니라 정서적 능력이 따라 주어야 하지요.

자기 또래가 읽어야 할 수준의 그림책을 충분히 읽게 해야 하는 또 하나의 이유는 자신보다 높은 수준의 책을 읽느라 또래에 맞는 책을 읽을 소중한 기회를 잃어서는 안 되기 때문입니다. 동생이 형 책을 읽으면 덮어 놓고 칭찬하는 것보다 다양한 그림책을 펼쳐 주고 함께 읽으면서 책 속에서 그 시기에 쌓아야 할 경험을 많이 하도록 도와주어야 합니다.

05

책을
읽는 척만
하는 아이

R E A D I N G

아이가 책을 보고 있는 모습, 엄마에게는 보기만 해도 흐뭇한 장면
이지요. 아이가 책을 보고 있으면 엄마의 목소리는 부드러워지고 눈
은 저절로 초승달처럼 휘어집니다. "우리 ○○이 지금 책 보는구나!"
아이는 금방 눈치챕니다. '아, 내가 책을 보고 있으면 칭찬받는구나.'
하고 말이죠.

아이들은 책을 읽을 때 자신이 칭찬받는다는 것을 알아도 그것보
다 재미있는 놀이가 있으면 금방 눈을 돌리기 마련입니다. 그러니 어

른이 볼 때마다 아이가 책을 펼치고 있거나 읽을 책을 고른다면 고개를 갸우뚱해야 합니다. 가짜 읽기일 가능성이 높기 때문이지요.

여섯 살 여자아이를 키우는 어느 엄마는 직장 때문에 할머니와 할아버지가 엄마를 대신하여 아이 육아를 전담하신다고 합니다. 할머니와 할아버지 눈에 손주는 무엇을 해도 마냥 예쁩니다. 그렇게 눈에 넣어도 아프지 않을 손주가 고사리 같은 손으로 책을 펼치고 있으니 얼마나 예쁘고 기특해 보였을까요? 매번 아낌없는 칭찬과 함께 좋아하는 간식까지 듬뿍 사 주신다고 합니다. 엄마는 절대 안 사 주는 것도 말이지요. 문제는 여기에서 발생했습니다. 아이는 할머니와 할아버지에게 보이기 위한 일종의 '쇼'를 한 것입니다. 여섯 살 정도면 혼자 책을 보기에는 이를 수도 있지만 책장을 넘기면서 그림을 보면 엄마가 읽어 주었던 이야기를 떠올려 가며 혼자 초기적인 책 읽기를 시작할 수 있습니다.

하지만 이 아이는 초기적인 혼자 읽기가 아니라 할머니와 할아버지에게 보이기 위해 책을 들고만 있는 가짜 읽기를 하고 있었습니다. 서너 살 때라면 모를까 제대로 책을 봐야 하는 때인데도 이와 같은 행동을 계속하는 것은 분명 문제입니다. 다행히 엄마가 눈치챘으니 이제 수정해야 합니다. 우선 할머니와 할아버지께 도움을 요청해야겠지요. 아이가 책 읽는 모습을 보셨을 때 "우리 ○○이 무슨 책 읽니? 할아버지가 읽어 줄까?" 하고 함께 읽어 주십사 부탁하세요. 그리고 책을 펼치고 있을 때가 아니라 책을 끝까지 읽었을 때 칭찬해 주시라고 말이죠. 저녁에 엄마와 만났을 때도 오늘 책을 봤느냐는 것보다 다른 칭찬할 점을 찾아 아이가 '꼭 책이 아니어도 칭찬받을 게 많구나.'라는 인식을 가지도록 유도해야 합니다. 그러다 책을 안 읽을까 걱정인가요? 괜찮습니다. 책 읽기의 중요성에 대해 계속 말해 왔지만 이 시기에는 다른 많은 경험을 하고, 또래와의 놀이에 푹 빠지기도 해야 합니다. 꾸준히 책 읽어 주는 것을 잊지 않는다면 책 읽는 것도 좋아하고 또래와의 놀이도 좋아하는, 딱 그 나이의 예쁜 아이로 잘 자라 줄 것입니다.

읽은 책의
양에 비해 읽기 능력이
떨어지는 아이

책을 1만 권도 넘게 읽어 주었을 거예요. 그래서 아이의 읽기 능력을 기대했는데 진단 결과는 충격적이었어요. 그간 아이가 읽은 양에 비해 수준이 낮게 나왔거든요.

이제 막 초등학교에 입학한 여자아이와 아이의 엄마가 찾아온 적이 있습니다. 엄마는 아이의 읽기 능력을 진단하고 싶어 했습니다. 아직 초등학교 1학년인데 굳이 비용까지 지불하면서 읽기 능력을 진단할 필요는 없다고 했지요. 그러나 엄마는 딸아이가 초등학교에 입학하기 전에 1만 권도 넘는 책을 읽어 주었다고 했습니다. 집에 있는 책과 근처 도서관에 있는 그림책은 당연히 다 읽었고, 초등학교 1~2

학년이 보는 책까지 모조리 빌려서 읽어 주었다고 했습니다. 그런데 요새 아이가 책 읽는 것을 보면 허점이 보이는 것 같아 꼭 진단해 보고 싶다고 했지요.

그래서 몇 가지 질문 후에 아이의 읽기 능력을 진단했는데 아이는 딱 초등학교 1학년 어린이의 읽기 능력을 가지고 있었습니다. 엄마는 책을 그렇게나 많이 읽어 주는데 어떻게 읽기 능력이 그것밖에 안 될 수 있느냐고 물었습니다. 아마 아이의 읽기 능력이 최소 초등학교 3학년 정도라는 말을 듣고 싶었던 모양입니다. 『옹고집전』을 읽어 주었을 때 아이는 옹고집이 못됐다며 화를 내었고, 『홍길동전』을 읽어 주었을 때에는 홍길동이 왜 집을 나왔느냐는 질문에도 대답을 곧잘 했답니다. 그보다 수준 높은 책을 읽어 주었을 때도 아이는 재미있다며 잘 들었다고 했습니다. 아이가 책의 내용을 이해하지 못했다면 당연히 재미없다고 하지 않느냐는 것이죠.

그렇습니다. 책의 내용이 이해 가지 않으면 재미가 없지요. 그러나 아이는 무슨 말인지 잘 몰라 재미없어도 재미있는 척을 했습니다. 그러니까 엄마는 더욱 아이에 대한 기대를 높이고 계속 아이 능력보다 높은 수준의 책을 읽어 주었던 것입니다. 그럼 아이는 왜 엄마가 어려운 책을 읽어 줄 때 거짓으로 재미있다고 했을까요? 아마도 엄마의 관심과 사랑을 받고 싶었기 때문이었을 것입니다. 평소에는 동생을 보느라 피곤한 엄마가 책을 읽어 달라고 하면 모든 일을 제치고 책을 읽어 주었던 것입니다. 동생의 등장으로 소외감을 느끼던 아이가 엄마를 되찾는 방법으로 책을 선택했던 것이지요.

이 정도까지는 아니어도 많은 아이들이 엄마의 관심을 받기 위해 엄마가 좋아하는 것을 수단으로 삼습니다. 그러니 아이가 책을 싫어한다고 좌절하거나 아이가 책을 좋아한다고 기뻐하기 전에 아이를 잘 관찰해야 합니다.

그 아이에게는 다시 자기 수준으로 돌아가 그림책 읽기를 많이 하라는 처방을 내렸습니다. 다행히 엄마의 협조로 책을 좋아하는 아이가 되었다는 소식을 들었습니다. 정말 다행이지요?

07

책 읽기를
싫어하는
아이

R E A D I N G

다섯 살 남자아이를 키우는 엄마입니다. 아들은 제가 책을 읽어 주려고만 하면 징징거리고, 심지어 책을 빼앗기도 해요.

엄마가 아이에게 책을 읽어 주려고 하는데 아이가 징징거린다면 아이가 왜 그런 행동을 하는지, 그리고 좋은 해법은 무엇인지를 말하기 전에 질문 하나를 먼저 하고 싶습니다. 엄마가 아이에게 함께 책을 읽자고 했을 때 혹시 아이가 좋아하는 TV 만화를 한참 열중하여 보고 있지는 않았나요? 아니면 바깥 놀이를 실컷 하고 이제 막 들어온 참은 아니었나요? 또는 오늘 어린이집에서 조금 기분 상한 일이 있었을지도 모르겠네요. 아이들은 평소에 좋아하는 일이라도 컨디션

이 좋지 않다거나 다른 재미있는 것을 하고 있을 때에는 하기 싫어합니다. 어른도 마찬가지입니다. 당연한 일이죠. 더구나 아직 책의 재미를 모르는 나이라면 더욱 그렇습니다. 아이와 기분 좋게 책을 보고 싶다면 우선 아이의 현재 상태가 어떤지를 살펴봐야 합니다.

그리고 평소 엄마와 책을 읽을 때 아이가 어떤 태도를 보이는지 점검할 필요가 있습니다. 혹시 하루에 몇 권 이상의 책을 읽어야 한다는 원칙을 가지고 반드시 그것을 지키려고 애쓰는 편인가요? 사정에 따라 원칙을 지켰다 말았다 하면 아이의 책 읽기 습관을 잡기 어렵다고 생각하기 때문에 그렇게 한다는 것을 압니다. 그러나 이런 엄마의 행동이 오히려 아이를 책과 멀어지게 만든다는 것을 알아야 합니다.

아이도 기분과 상황에 따라서 엄마랑 책 읽는 것이 좋을 때도 또 싫을 때도 있습니다. 그런데 무조건 원칙을 강요하다 보면 매개체인 '책'이 싫어지기도 하거든요. 아이는 어른처럼 계획을 세우고 지키는 것이 수월하지 않습니다. 그런데 그것을 지나치게 강요하면 유연성에 장애가 되기도 한답니다. 책 읽기 계획을 세우고 그것을 반드시 지킨다는 큰 원칙 아래 양념처럼 약간의 융통성을 허용하는 편이 아이의 책 읽기 습관을 잡는 데 도움되지 않을까요?

혹시 책을 읽은 후 엄마가 한 질문에 올바른 대답을 하지 못하면 다시 읽고, 잘할 때까지 질문하고 있지는 않나요? 책 읽는 시간이 엄마에게 점검받고 시험 보는 시간처럼 느껴지면 모든 아이가 책 읽기를 겁내고 싫어할 것입니다. 책을 읽고 아이가 어느 정도 이해했는지 물어보는 것은 좋지만 아이가 제대로 대답하지 못하더라도 실망하는 모습을 보이는 것은 좋지 않습니다. 부드러운 분위기를 유지하고 질문을 나누어 하면서 아이에게 필요한 도움을 주면 얼마든지 잘 대답할 것입니다. 그리고 책을 읽은 다음에 할 질문을 알려 주어 아이로 하여금 답을 찾으며 책을 읽을 수 있게 해도 좋습니다.

아이가 책 읽기를 싫어하는 데는 대부분 책과 관련된 좋은 기억이 없기 때문입니다. 부모가 한몫한 것도 맞습니다. 아이가 책을 싫어하는 이유는 아이가 아닌 부모에게서 찾아야 합니다.

08

아직
한글을 깨치지
못한 아이

요즘은 다섯 살만 되어도 한글을 깨친 아이가 있는데 우리 아이는
벌써 여섯 살이 지났는데도 아직 한글을 깨치지 못했어요.

아이 엄마가 종종 "한글을 언제 깨치는 것이 좋을까요?" 물으면 보
통 "초등학교 입학 전에만 깨치면 되지 않을까요?"라고 답합니다. 그
리고 아이 엄마는 어떻게 생각하는지를 되묻지요. 아이를 키우는 엄
마들은 한글 깨치기를 굳이 서두를 필요는 없다고 알고 있으면서도
주변에 한글을 빨리 깨친 아이를 보면 우리 아이가 너무 늦나 싶어
조바심이 납니다. 그래서 잘 참고 있다가 아이가 일곱 살만 되면 급
히 학습지를 시킨다거나 여러 방법으로 아이의 한글 교육을 시작합

니다.

많은 엄마들이 자녀 교육서나 강연 등을 통해 너무 일찍 한글을 깨치는 것이 그리 긍정적이지 않다는 것을 알고 있습니다. 또 전문가들은 글자를 배울 때 학습지를 이용하는 것보다 질 좋은 그림책을 사용하는 것이 훨씬 바람직하다고 조언합니다. 그림책은 읽는 동안에 문학적인 교류가 일어나 아이를 풍부한 경험의 세계로 이끌기 때문입니다.

예를 들어 소 얼굴을 그려 넣은 카드를 보고 '소'라는 단어를 배우는 아이와 『황소와 도깨비』 그림책을 읽으면서 돌쇠가 전 재산을 털어 산 '소', 나뭇짐을 지고 방울 소리를 울리며 걷는 '소', 주인의 마음을 알아주는 '소', 이렇게 이야기의 맥락과 함께 그림을 보면서 '소'라는 단어를 아는 아이는 '소'라는 한 낱말에 대한 이해의 폭에서 엄청난 차이를 보입니다. 물론 주입식으로 글자를 배운 아이가 처음에는 빨리 글자를 깨칠 수 있겠지만 책을 통해 문장과 이야기 속에서 글자를 깨친 아이의 문해 능력을 따라오기 어렵습니다.

엄마들이 아이가 한글을 빨리 깨치기를 바라는 이유는 아이가 초등학교에 입학해서 공부를 따라가지 못하는 것은 아닌지, 선생님 말씀을 제대로 전달받지 못하는 것은 아닌지 걱정되기 때문입니다. 어쩌면 아이에게 책 읽어 주기에서 조금은 자유로워지고 싶은 마음도 있겠지요. 우리 아이가 한글을 빨리 깨치면 좋겠다고 생각하는 이유에는 또 무엇이 있을까요? 아마 한글을 빨리 깨치면 엄마가 책을 읽어 주지 않아도 스스로 책을 읽을 것이고, 그러면 보다 많은 책을 읽어 다른 아이보다 읽기 능력이 좋아질 것이라는 기대감도 있지 않을까 싶습니다. 그런데 초등학교 저학년 읽기 능력의 높고 낮음은 누가 일찍 한글을 깨쳤느냐가 아니라 누가 책을 속속들이 이해하며 읽었느냐에 달렸습니다. 그러니까 일찍 한글을 익혀 독립적으로 책을 읽은 아이보다 읽은 책의 양이 좀 적더라도 엄마와 상호 작용하며 꾸준히 읽은 아이의 읽기 능력이 우수하다는 것이지요.

　아이가 여섯 살보다 어리다면 좋은 그림책 읽기를 글자 교육 대신으로 삼아도 충분합니다. 일곱 살이라면? 그래도 역시 서두르지 말라고 권하고 싶네요. 지금까지 책을 많이 읽어 주었다면 아이는 글자를 깨칠 준비를 마친 상태일 것입니다. 곧 '어라? 언제 이 아이가 글자를 다 깨쳤지?' 하고 놀라는 때가 올 것입니다. 초등학교 입학이 코앞에 닥쳤다면 어떻게 할까요? 이제 글자 익히기를 시작하세요. 그림책의 장면과 그에 해당하는 글자를 한 줄로 적어 함께 읽고 익히면 아이는 곧 글자를 깨칠 것입니다. 그림책을 통하여 글자 익힐 준비가 끝난 아이기 때문이지요. '한글을 깨치는 적기'는 바로 아이가 준비되었을 때입니다. 그때까지 엄마들은 그 준비를 잘 시키면 그만입니다.

09

자기가 고른 책을
사겠다고
고집하는 아이

R E A D I N G

아이와 함께 서점에 가는 게 좋다고 해서 아이를 데리고 자주 서점에 갑니다. 그런데 서점에 갈 때마다 실랑이를 합니다. 아이는 자기가 고른 책을 사겠다고 하고, 저는 다른 것을 골라 보라고 합니다.

도서관에서 책을 빌려 읽는 것도 좋지만 얼마에 한 번 정도 아이들과 서점에 가는 것은 적극 권장할 만한 일입니다. 동네 서점은 참고서나 문제집은 많지만 그림책 종류가 다양하지 않습니다. 그래서 여유를 가지고 마음껏 책을 구경하려면 조금 멀더라도 대형 서점을 찾습니다. 서점에 가서 책도 보고 맛있는 음식도 먹자고 하며 나들이 삼아 기분 좋게 집을 나섭니다. 아이에게 마음에 드는 책이 있으면 사 주겠다는 약속도 하지요. 그런데 책을 고르는 과정에서 많은 엄마들이 아이와 실랑이합니다. 그도 그럴 것이 아이가 고르는 책은 엄마 눈에 차지 않을 확률이 높으니까요. 비슷한 책이 집에 있으니 이 책이 좋겠다고 다른 책을 권해도 아이는 단박에 자신을 사로잡은 책을 손에서 놓을 마음이 없습니다. 얼마간의 실랑이 끝에 빨리 이 상황을 끝내고 싶은 엄마는 이번 한 번이라고 못을 박고 아이가 고른 책을 사 주거나 "다시는 서점에 안 데리고 온다."는 협박과 함께 말을 잘 들으면 집에 가는 길에 좋아하는 간식을 사 주기로 하고 아이를 포기 시키기도 합니다. 어쨌든 성공적인 서점 나들이는 쉬운 일이 아닌 듯합니다. 그러다 엄마 혼자 서점을 찾아 책을 고르거나 온라인 서점을 이용하지요.

그러나 아이와 함께 서점에 가는 것은 여러 모로 의미가 있습니다. 서점은 독자에게 반응 좋은 책이나 신간 위주로 배치하기 때문에 좋은 책을 얼른 고를 수 있다는 장점이 있습니다. 도서관과 달리 마음에 쏙 드는 책이 있을 때 바로 구입하여 '내 것'으로 만들 수도 있습니다. 그렇다고 모두 내 것으로 할 수는 없죠. 그래서 많고 많은 책들 중에서 엄마 마음에도 들고, 아이 마음에도 드는 책을 고르는 과정에서 아이는 책 고르는 안목을 키울 수 있습니다. 또 서점에서 엄마가 아이 책만이 아니라 엄마 책을 고르고, 몰두해서 책 읽는 모습을 보여 줄 수 있어 좋습니다. 책을 가까이 하라고 말로 하는 것이 아니라 행동으로 보여 주는 교육을 하는 것이지요. 다만 아이가 사겠다고 고르는 책 때문에 벌어지는 실랑이가 문제입니다.

그런데 이런 실랑이도 필요한 과정이라고 생각하는 것은 어떨까요. 실랑이가 없으면 좋겠지만 그 과정에서 아이는 '어떤 책을 고르는 것이 좋을지'를 배울 수 있습니다. 처음에는 자기가 고른 책을 고집하느라 엄마가 권하는 책에는 관심 없는 듯 보여도 다음에는 슬슬 절충안을 찾는답니다. 또, 아이가 고른 책이 엄마 마음에 들지 않더라도 한두 번은 집을 나설 때의 약속대로 아이가 고른 책을 사 주는 것도 나쁘지 않습니다. 그 책 한 권이 아이에게 서점 나들이를 만족스러운 경험으로 만들어 줄 것이니까요. 서점 나들이가 만족스러웠다면 또 서점을 찾을 것이고, 그동안 좋은 책을 고르는 안목을 기를 수 있습니다. 마지막으로 서점에 가기 전에 미리 후보 책을 고르는 것도 방법입니다. 아이와 서점에 가기 전 블로그나 인터넷 서점을 방문하여 신간 정보와 서평 등을 보고, 미리 책 목록을 작성해 보세요. 그리고 서점에 가서 준비한 목록의 책을 골라 읽어 보고, 그중에서 마음에 드는 책을 한두 권 구입하는 것입니다. 물론 책 목록을 만들 때는 아이를 참여시키는 것이 좋습니다.

참고로 인터넷 서점을 이용하면 책 내용을 일부 볼 수 있어 책을 고를 때 요긴한 도움을 받을 수 있습니다. 오픈키드(www.openkid.co.kr)는 도서 판매뿐 아니라 어린이 도서와 관련된 많은 정보를 제공하는 어린이 서적 전문 온라인 서점입니다. 이곳에 가면 유용한 정보를 많이 얻을 수 있습니다.

10

전집을 살지
단행본을 살지
고민될 때

한창 여러 책을 읽어야 할 아이에게 전집을 사 주는 것이 좋을지, 아니면 낱권씩 구입하는 것이 좋을지 모르겠어요.

전집을 사야 할지 단행본을 사야 할지 늘 고민이지요. 엄마들이 전집을 구입하는 까닭은 우선 경제적인 이점 때문입니다. 한 번에 목돈이 나간다는 단점은 있지만 낱권으로 나누어 보면 단행본에 비해 저렴하니까요. 또 단행본으로 책을 구매하려면 좋은 책을 고르는 데 많은 품을 팔아야 하는 반면 전집은 출판사에서 연령에 맞게, 주제별로 알아서 책을 선별해 묶어 놓았기 때문에 크게 신경 쓸 필요가 없습니다. 또 한 번 읽은 책은 외면하는 아이에게 배부를 만큼 새 책을 잔뜩 안겨 주는 기쁨도 있습니다. 요즘에는 전집을 구매하면 교육 프로그램을 제공하는 경우가 많습니다. 이 또한 솔깃하지요.

단행본은 어떤가요? 단행본의 가장 큰 장점은 책의 질이 좋다는 것입니다. 전집에는 간혹 낱권이었다면 사지 않을 책들이 끼어 있기도 하거든요. 따라서 좋은 작가, 우수한 출판사, 훌륭한 교육성, 문학성까지 골고루 갖춘 단행본이 입맛에 더 당기기도 하지요. 그리고 수십 권에서 1백 권에 가까운 책을 한꺼번에 구입해야 하는 전집은 다 읽지 못하고 질릴 수도 있습니다. 반면에 단행본은 마음에 드는 책을 한 권씩 골라 모으는 재미가 있을 뿐만 아니라 같은 책을 몇 번씩 읽어 완전한 내 책으로 만들 수 있습니다. 책값이 비싸다는 단점은 있으나 알차게 좋은 책으로 책장을 꾸릴 수 있어 좋습니다.

결국 전집은 전집대로, 단행본은 단행본대로 장점과 단점이 있다는 결론입니다. 이제 엄마의 현명한 판단이 남았네요. 저라면 우선 좋은 단행본을 아이와 함께 하나씩 사서 여러 번 읽으라고 권하고 싶습니다. 꼭 읽었으면 하는 훌륭한 작가가 쓴 좋은 책은 대부분 단행본으로도 출판되기 때문입니다. 반면 유아에게 자연 관찰, 위인전과 같은 지식을 전달하는 도서는 단행본으로 출간된 것이 많지 않습니다. 다양한 지식과 정보를 담은 책이 필요할 때는 전집을 구매할 것을 권장합니다. 대신 많은 책을 잘못 구입하면 타격이 크니까 그 책을 먼저 읽어 본 사람들의 의견을 참고해서 양서를 구입해야겠지요. 그렇다고 아이에게 큰돈을 주고 산 책이라는 것을 강조하면서 전집을 한 권도 빠뜨리지 말고 읽을 것을 너무 강요하지는 말도록 합니다. 자칫 그 때문에 책을 멀리할 수 있으니까요.

6장

부록
─추천 도서

내 아이에게 어떤 책을 읽어 주어야 좋은지 고민 중인가요? 4세부터 7세까지의 아이들이 읽기 좋을 책들을 간략하게 추려 봤습니다. 본문에 나오는 책도 있고, 나오지 않는 책도 있습니다. 이 목록을 가지고 서점이나 도서관에 가서 아이와 함께 책을 골라 보면 어떨까요? 어떤 책부터 읽을지 엄마와 다정하게 이야기 나눈 시간이 아이에게는 행복한 추억이 될 것입니다.

	도서 제목	저자 정보	출판사	연령	
1	100층짜리 집	이와이 도시오 지음	북뱅크	7세 이상	
2	강아지가 태어났어요	조애너 콜 지음	비룡소	5세 이상	
3	개구리 논으로 오세요	여정은 글. 김명길 그림	길벗어린이	7세 이상	*
4	개구쟁이 해리: 목욕은 정말 싫어요	유진 자이언 글. 마거릿 블로이 그레이엄 그림	사파리	6세 이상	
5	거인 아저씨 배꼽은 귤 배꼽이래요	후카이 하루오 지음	한림출판사	4세 이상	
6	검피 아저씨의 드라이브	존 버닝햄 지음	시공주니어	5세 이상	*
7	검피 아저씨의 뱃놀이	존 버닝햄 지음	시공주니어	5세 이상	*
8	겁쟁이 윌리	앤서니 브라운 지음	웅진주니어	5세 이상	*
9	고 녀석 맛있겠다	미야니시 다쓰야 지음	달리	7세 이상	
10	괴물들이 사는 나라	모리스 샌닥 지음	시공주니어	5세 이상	*
11	구름 공항	데이비드 위즈너 지음	베틀북	6세 이상	
12	구름 나라	존 버닝햄 지음	비룡소	7세 이상	*
13	구리와 구라의 빵 만들기	나카가와 리에코 글. 야마와키 유리코 그림	한림출판사	4세 이상	*
14	기차를 타고 창밖을 봐요	루치아 히라츠카 지음	엔이키즈	6세 이상	
15	꼬마 개구리와 올챙이 동생들	타티아나 피니 지음	엔이키즈	5세 이상	*
16	나는 티라노사우루스다	미야니시 다쓰야 지음	달리	7세 이상	
17	나도 아프고 싶어!	알리키 브란덴베르크 글. 프란츠 브란덴베르크 그림	시공주니어	5세 이상	*
18	나쁜 말 먹는 괴물	카시 르코크 글. 상드라 소이네 그림	그린북	6세 이상	
19	난 토마토 절대 안 먹어	로렌 차일드 지음	국민서관	4세 이상	
20	난 하나도 안 졸려, 잠자기 싫어!	로렌 차일드 지음	국민서관	6세 이상	
21	날아라, 가오리 연!	김민지 글. 김윤영 그림	엔이키즈	5세 이상	*
22	낮과 밤 이야기	천미진 글. 이혜영 그림	엔이키즈	7세 이상	*
23	내 동생 싸게 팔아요	임정자 글. 김영수 그림	아이세움	7세 이상	
24	내가 아빠를 얼마나 사랑하는지 아세요?	샘 맥브리트니 글. 아니타 제람 그림	베틀북	6세 이상	*
25	누가 내 머리에 똥 쌌어?	베르너 홀츠바르트 글. 볼프 예를브루흐 그림	사계절	4세 이상	*
26	누가 해를 먹고 있어요	루스 선본 글. 에릭 거니 그림	미래아이	7세 이상	
27	누구 그림자일까?	최숙희 지음	보림	6세 이상	
28	눈 오는 날	에즈라 잭 키츠 지음	비룡소	5세 이상	
29	도깨비를 다시 빨아 버린 우리 엄마	사토 와키코 지음	한림출판사	4세 이상	
30	도깨비를 빨아 버린 우리 엄마	사토 와키코 지음	한림출판사	4세 이상	*
31	도대체 그동안 무슨 일이 일어났을까?	이호백 지음	재미마주	5세 이상	

32	동생 돌보기는 정말 힘들어	크리스 저지 지음	엔이키즈	6세 이상	*
33	동생이 태어날 거야	존 버닝햄 지음	웅진주니어	5세 이상	*
34	두근두근 다섯 살	베서니 디니 머기아 지음	엔이키즈	6세 이상	*
35	똥벼락	김희경 글. 조혜란 그림	사계절	7세 이상	*
36	로쿠베, 조금만 기다려	하이타니 겐지로 글. 초 신타 그림	양철북	7세 이상	
37	마녀 위니	밸러리 토머스 글. 코키 폴 그림	비룡소	6세 이상	
38	마녀 위니의 요술 지팡이	밸러리 토머스 글. 코키 폴 그림	비룡소	6세 이상	
39	마법 침대	존 버닝햄 지음	시공주니어	6세 이상	*
40	마술 연필	앤서니 브라운 지음	웅진주니어	4세 이상	*
41	머리부터 꼬리까지 멋쟁이 공룡들	스테이시 로더릭 글. 콴차이 모리야 그림	엔이키즈	4세 이상	*
42	멍멍 의사 선생님	배빗 콜 지음	보림	6세 이상	
43	못된 개가 쫓아와요!	마이런 얼버그 글. 리디아 몽크스 그림	시공주니어	6세 이상	
44	무지개 물고기	마르쿠스 피스터 지음	시공주니어	5세 이상	
45	바다 100층짜리 집	이와이 도시오 지음	북뱅크	7세 이상	
46	바바빠빠	아네트 티종 지음	시공주니어	4세 이상	*
47	반짝 반짝 빛나는	크리스티 매드슨 지음	엔이키즈	5세 이상	*
48	백만 년 동안 절대 말 안해	허은미 글. 김진화 그림	웅진주니어	7세 이상	
49	부끄럼쟁이가 아냐, 생각쟁이야!	김민화 글. 손지희 그림	웅진주니어	7세 이상	*
50	부리 부리 무슨 부리	천지현. 이우만. 정지현 그림	보리	4세 이상	
51	비밀 파티	존 버닝햄 지음	시공주니어	7세 이상	
52	비 오는 날의 소풍	가브리엘 뱅상 지음	황금여우	4세 이상	
53	빨간 트럭 아저씨	강하루 글. 임영란 그림	엔이키즈	5세 이상	*
54	뼈	호리우치 세이이치 지음	한림출판사	5세 이상	
55	뽀뽀를 줄게	케리 브라운 글. 제다 로바드 그림	엔이키즈	4세 이상	*
56	뿌리	히라야마 가즈코 지음	햇살과나무꾼	7세 이상	
57	셀레스틴이 알고 싶은 사실	가브리엘 뱅상 지음	황금여우	5세 이상	
58	소가 된 게으름뱅이	김기택 글. 장경혜 그림	비룡소	7세 이상	
59	소피가 화나면, 정말 정말 화나면	몰리 뱅 지음	책읽는곰	6세 이상	*
60	손 큰 할머니와 만두 만들기	채인선 글. 이억배 그림	재미마주	6세 이상	
61	시메옹을 잃어버렸어요	가브리엘 뱅상 지음	황금여우	4세 이상	
62	심술쟁이 풍카짱	군 구미코 지음	바다어린이	7세 이상	
63	싹둑싹둑 색종이 놀이	김정란 글. 노주희 그림	엔이키즈	4세 이상	*
64	아기 돼지 삼형제	폴 갈돈 지음	시공주니어	6세 이상	*
65	아기가 된 아빠	앤서니 브라운 지음	살림어린이	6세 이상	
66	아빠, 사랑해요!	마이클 포먼 지음	엔이키즈	4세 이상	*

67	아빠랑 함께 피자 놀이를	윌리엄 스타이그 지음	보림	4세 이상	*
68	안녕 빠이빠이 창문	노튼 저스터 지음	삐아제어린이	7세 이상	
69	안 돼, 데이빗!	데이빗 섀논 지음	지경사	4세 이상	*
70	알도	존 버닝햄 지음	시공주니어	6세 이상	*
71	앵무새 열 마리	퀜틴 블레이크 지음	시공주니어	5세 이상	*
72	야, 우리 기차에서 내려!	존 버닝햄 지음	비룡소	4세 이상	*
73	언제까지나 너를 사랑해	로버트 먼치 지음. 안토니 루이스 그림	북뱅크	6세 이상	
74	엄마는 회사에서 내 생각해?	김영진 지음	길벗어린이	6세 이상	
75	예방 주사 무섭지 않아	후카이 하루오 지음	한림출판사	4세 이상	
76	왜 방귀가 나올까?	초 신타 지음	한림출판사	7세 이상	
77	용감한 기사 지나	카트리엔 피클스 글. 로렌 메릭 그림	엔이키즈	5세 이상	*
78	용기를 내, 무지개 물고기	마르쿠스 피스터 지음	시공주니어	7세 이상	
79	우리 몸의 구멍	허은미 글. 이혜리 그림	길벗어린이	5세 이상	*
80	우리 아빠가 최고야	앤서니 브라운 지음	킨더랜드	4세 이상	*
81	우리 엄마	앤서니 브라운 지음	웅진주니어	4세 이상	*
82	우리 할아버지	존 버닝햄 지음	시공주니어	4세 이상	*
83	우체부 아저씨와 비밀 편지	앨런 앨버그 글. 자넷 앨버그 그림	미래아이	7세 이상	
84	윌리와 악당 벌렁코	앤서니 브라운 지음	웅진주니어	4세 이상	*
85	으뜸 헤엄이	레오 리오니 지음	마루벌	6세 이상	*
86	응급 처치	야마다 마코토 글. 야규 겐이치로 그림	비룡소	6세 이상	*
87	이상한 엄마	백희나 지음	책읽는곰	6세 이상	
88	이슬이의 첫 심부름	쓰쓰이 요리코 지음	한림출판사	4세 이상	*
89	작은 나무 도서관	나오코 스툽 지음	엔이키즈	5세 이상	
90	잘 자요, 달님	마거릿 와이즈 브라운 지음	시공주니어	4세 이상	
91	장갑	에우게니 M. 라쵸프 지음	한림출판사	6세 이상	
92	장난감 형	윌리엄 스타이그 지음	시공주니어	7세 이상	
93	장수탕 선녀님	백희나 지음	책읽는곰	6세 이상	
94	정말 정말 한심한 괴물, 레오나르도	모 윌렘스 지음	웅진주니어	7세 이상	
95	좁쌀 한 톨로 장가든 총각	이상교 글. 주경호 그림	보림	7세 이상	*
96	주머니 속에 뭐가 있을까	이보나 흐미엘레프스카 지음	사계절	5세 이상	*
97	주먹이	김중철 지음	웅진주니어	5세 이상	*
98	줄줄이 꿴 호랑이	권문희 지음	사계절	5세 이상	
99	지렁이	엘리즈 그라벨 지음	씨드북	7세 이상	
100	지하 100층짜리 집	이와이 도시오 지음	북뱅크	7세 이상	
101	집 나가자 꿀꿀꿀	야규 마치코 지음	웅진주니어	6세 이상	*
102	짧은 귀 토끼	다원시 글. 탕탕 그림	고래이야기	7세 이상	
103	첫눈	박보미 지음	한솔수북	4세 이상	

104	치과 의사 드소토 선생님	윌리엄 스타이그 지음	비룡소	7세 이상	
105	치킨 마스크	우쓰기 미호 지음	책읽는곰	7세 이상	
106	친구랑 싸웠어!	시바타 아이코 글. 이토 히데오 그림	시공주니어	6세 이상	*
107	큰눈이네 연못 마을	박지영 글. 이현주 그림	엔이키즈	4세 이상	*
108	텐트를 열면	민소원 지음	상상의집	4세 이상	
109	토끼와 호랑이	이현진 지음	사계절	6세 이상	*
110	파도야 놀자	이수지 지음	비룡소	6세 이상	
111	파란 캥거루야, 학교 가자!	앰마 클라크 지음	엔이키즈	7세 이상	*
112	팥죽 할머니와 호랑이	조대인 글. 최숙희 그림	보림	5세 이상	*
113	폭풍우 치는 밤에	기무라 유이치 글. 아베 히로시 그림	아이세움	7세 이상	
114	피터의 의자	에즈라 잭 키츠 지음	시공주니어	5세 이상	*
115	피터의 편지	에즈라 잭 키츠 지음	비룡소	6세 이상	
116	해와 달이 된 오누이	이혜경 지음	사계절	7세 이상	
117	형보다 커지고 싶어	스티븐 켈로그 지음	비룡소	6세 이상	
118	호랑이 뱃속 잔치	신동근 지음	사계절	6세 이상	
119	호랑이와 곶감	위기철 글. 김환영 그림	국민서관	6세 이상	
120	혹부리 영감	임정진 지음	비룡소	6세 이상	

READING

한 권으로 끝내는
우리 아이
독서 습관 코칭법

2017년 3월 20일 초판 1쇄 인쇄
2017년 3월 27일 초판 1쇄 발행

글 김명미

펴낸이 황도순 **펴낸곳** ㈜능률교육

총괄 주민홍 **기획·편집** 엔이키즈 **디자인** 플러스 **마케팅** 강호성

등록번호 제 1-68호 **주소** 서울특별시 마포구 월드컵북로 21 **전화** 1577-0597 **팩스** 02-324-3596

홈페이지 www.nekids.co.kr   www.neungyule.com

ISBN 979-11-253-1465-3 13800

제조년월 2017년 3월 **제조사명** ㈜능률교육 **제조국** 대한민국